星の故郷

テッド・あらい著

明窓出版

まえがき

南米大陸で最大の面積を持つブラジルと聞けば、誰しもが大アマゾン川にピラニヤ、鰐にオンサと呼ばれる黒ヒョウ、大蛇アナコンダを頭に描いて眉をひそめる。

だが一方で「面白そうな場所ですね、一度行ってみたい……」とおっしゃる冒険心に溢れる人々も決して少なくない。

そもそも、このブラジル程謎に富んだ国も他にはないだろう。大げさな表現が許されるなら、我々北半球に住む人間にとっては、まさに別次元世界だとも言える。

何が別次元なのかと言えば、まず一つの国でありながら北のアマゾン流域の熱帯雨林のジャングル地域から西のパンタナールの大湿原地帯、有名なナイヤガラの滝を１００個も集めたようなパラグアイ、アルジェンチンの国境に大地を揺るがして落ちるイグアスの大瀑布に、大アマゾン川のどまん中を数メートルの高さに隆起して流れる潮流等とここで見られる現象は途方もなく大きく、北半球には無いからだ。

もちろんブラジレーロと呼ぶブラジル人が住み、我々北半球の人間と同様に生活を営んでいるが、彼等や彼女達の奔放な、また底抜けに明るい生活に面食らうことも少なくない。

その代表が、リオで毎年春に開かれるサンバのリズムに躍り狂う彼等の姿に代表されよう。その明るさは人種、膚の色を超越して白や黒、黄色も混然と溶け合いながら今のブラジル人を構成している。

このブラジルの発見者はポルトガルのペドロ・アルバレス・カブラールい冒険家で、一五〇〇年に初めて上陸したと言われている。しかしこの手の話にはあまり信憑性がなく、実際に北のベレンと呼ばれる町には当時オランダ人がすでに住んでいたいいい伝えもある。

面白いのは当時、原住民のインディオが居たのは確かな事実なのだが、そこは自己中心的且つキリスト教的な思考からインディオはブラジルの歴史に登場していない。

カブラールがそこをポルトガル領と宣言したものの、隣国ペルーにおけるインカのような黄金があるわけでもなく、ただ茫々と厚い緑のジャングルが無限に広がる大地にポルトガルはあまり関心を寄せなかった。ところが

イグアスの滝

パウ・ブラジルの言う〝原木〟に目をつけたフランス人がしきりに出入りするようになってから慌てて本国政府は植民に力を入れ出した。

最初に手をつけたのは砂糖黍の栽培だったらしい。その労働力としてアフリカから大量の奴隷を連れて来た。一五〇〇年の中頃には黒人奴隷の数は五〇〇万に及んだと言われている。白人の男性入植者の数に対して女性の絶対数に不足していた当時のポルトガルのコロニーでは、美しい奴隷との交わりは極めて普通となり、その結果ポルトガル人と黒人の混血が進んで現在のブラジル人が生まれることになる。この奴隷制度は一八〇〇年の後半まで続き、現在サンパウロ市の日系人の多く住むリベルダの町はブラジル最大の奴隷市場があり、奇麗な若い女奴隷を買いに集まる裕福なブラジル人から、孤閨に悩む男たちで賑わったとブラジルの歴史にある。

砂糖、コーヒー、農業に加え、一九世紀の後半にゴムが発見されてアマゾン流域が賑わい、次いで金とダイヤモンドがミライ・ジェライアス州に発見されてブラジルは最盛期を迎える。ブラジル政府は国土開発の為にドイツ、イタリヤ、ポーランド、アラビヤ人の移民を受け入れ、一九〇八年六月一六日、サントス港に錨を降ろした笠戸丸（６０２３トン）の第一回移民船から降り立った七八一人の日本人から日系ブラジル人の歴史が始まる。現在のブラジルで活躍する日系人の数は一四〇万人に及び、ブラジル人の一〇〇人に一人弱が日本名を持ち、一部の日本語はブラジル語になっている。

こうして五〇〇年に及ぶ血の交わりの結果に出来上がった今のブラジルで、人種を問う事に意味はない。一見白人やアジア人に見えても、ブラジル人の一人一人の血の中にはアフリカがあり、その様は次のメレニアムの地球人の姿を先取りしている。

国民の八五％がカトリック教徒となっている。入植者が持ち込んだカトリック信仰の歴史は古い街のどこにでも見られる壮大な礼拝堂に残っている。その他にユダヤ寺院、回教のモスクも少なくない。もちろん、こんな風景はどこの国でも見られるが、ブラジルにはもう一つ、カンドンブレーと呼ばれる、アフリカに源流を持つ土着信仰が市民権を持って立派に根付いている。

ともかく信仰が大好きな国民だ。一神教の影響が強いカトリックの国で未だにブードゥ信迎が行われているのは、丁度日本で神仏が同居し、支那から輸入した神様を始めキツネから犬、蛇まで拝んでしまう日本人の国民性に通じる。彼等にとっての信仰とは「信好」であり、お賽銭を沢山あげて熊手を買い、その熊手で金をかき集めようとするご都合主義に他ならないようだ。

ロウソクを沢山燃やして自分の過ちを懺悔すれば許されてしまうカトリック教は彼等にとってはまことに寛大な捨てがたい宗教なのだ。あの野郎、生かしてはおけない……となるとマクンバ（ブードゥ術者）に呪いをかけて貰って相手を呪い殺す。反面、病気を治して貰う為にマリヤ様に頼み、マクンバの袖にすがる。なんたる迷信……とバカにするのは我々自称文明人だが、彼等のブラジルではそれなりの「ご利益」をあげているようだ。その代表がブラジルの守護神アパレシーダと呼ばれる褐色の女神である。

言い伝えによると、ある村に突然知事が来る事になった。もてなしの為に村人が魚を獲ろうと網を投げたが一向に獲れない。漁夫は絶望に祈りながら網を投げた。すると引き上げた網の中に首の無い胴体だけの像がかかり、次の網にかかった首をピタリと合わせた途端に魚が溢れた……い奇跡の女神様で、彼女を信じないブラジル人はいない。その為か国もアパレシーダの御利益にあやかろうと祭日までもうけ、その日にはバスを連ねて巡礼が国外からも訪れるい。サンバで有名なリオにはイリマンジャい海の幸の女神様がいて、大晦日になると街をあげてサンバに躍り狂い、元日と同時に人々は海に飛び込んで祝う。

そのリオには有名なキリストの像が両腕を広げて立っている。何故海の彼方に向かって立っているのかと言えば、ニューヨークの自由の女神にモーションをかけている。

だからよく見えるように自由の女神は片手に高々とトーチを掲げて持っているのだとブラジル人は真顔で説明してくれる。そう言われて改めて眺める自由の女神は、なるほど色香に満ちた一人の女であり、それがブラジル人の目なのだ。

彼等、彼女等の直情実行的性格は他に類をみない。喜怒哀楽を見せないのは我々日本社会の躾であり美徳でもあるが、彼の国ではゾンビに見えるらしい。それ程親しいわけではない友達や知人であっても彼等の挨拶は抱擁でありキスが常識になっている。それを怠たると忌避されたと距離を置かれてしまう。

サッカーのワールド・カップでブラジルの優勝が確実視されると、未だ優勝が決定していない内から花火をボンボン打ちあげる。熱帯雨林のマットグロッソから大湿原のパンタナールのブラジル全土が優勝に酔いしれてしまう。商店はおろか政府、銀行、警察まで閉店してマラリヤに罹ったような大騒ぎにブラジル全土が騒然となる。

花火が無くなってしまうと今度は持ち出したダイナマイトに火をつける。街の真ん中でダイナマイトを爆発させるのだから当然住宅が壊れるが、ええーい、お祝いだあ……とばかり文句を言う者もなくドカーン、ドカーン。さっきまで見知らぬ同士も握手を交わし、抱き合ってチュッ、チュッとなり、意気投合した男女はそのまま〝ゴール！〟となるのもブラジルならではだ。その結果は春の人口増加に現われる。


昔ブラジルでは首都の建設を始めた、いわゆるブラジリアであるが、半世紀を経った今でもそれが未完成である事はブラジル人の気質を如実に示している。前後を考えないただの思いつきで実行に移してしまう。ブラジルの国旗には「前進と秩序」と標語が明記されている。ブラジルを訪れたフランスのドゴール大統領は、前進も秩序もない国……と酷評したが、その言葉の通りにブラジリアは世界最大のゴースト・タウンへの道を歩んでいる。

自分の意思、希望がすべての思考の中心にあり、社会の秩序や道理よりも優先する傾向が顕著である。だから我々の持つ道徳観やオーダーはこの国にはなく、価値観はまったく違う。

その大きな例はチャスチダット（貞操）い観念がカトリック教徒でありながら希薄であるばかりか意味すら分かっていない。徹底した快楽主義で価値観は享楽によって左右される。短く言えば「楽しければ良い……」であり、明日のヒナよりも今の卵で、明日は明日の風まかせ……の傾向が支配的である。結果、父親を知らない子供が氾濫し、未婚の母が街を闊歩していても、それはブラジルの一風景であって特別なものではない。

そんなブラジルに勤勉さと計画性を兼ね備えた日本やドイツ人の移住がなかったならば今日のブラジルはなかったような気がするのは筆者一人ではないようだ。とは言え日本語を忘れドイツ語を話せなくなった彼等の多くは、ブラジルと言う快楽の海に泳ぐ色鮮やかな熱帯魚になりつつあるようだ。

前書きがすっかり長くなったが、以上を頭に入れて読むことにより、もっとブラジルが分かって戴けるような気がして長口舌となった事をお許し願いたい。

西暦二〇〇三年、春

テッド・あらい

目次

サン・ビセンテ

これでも海よ……と言いたげに、ゆるやかな波が浜辺に打ち寄せては音もなく退いていく。日本の琴の名曲「春の海」がそのまま目の前に広がり、紺碧の空の下には大小無数の島影が重なるように浮いていた。

浦部円造にとって初めて目にする大西洋の海だ。

浜のカモメが申し合わせたように行儀よく一つの方角に向いて立っている。何を見ているのだろう……とカモメの視線を追う浦部の頭上には五月、南半球のこのブラジルでは秋の太陽がさんさんと降っている。

「なんだ、つまらねえ」と呟いた浦部はステッキを持ち直すと浜に沿ったコンクリートの遊歩道をゆっくり右手に海を見ながら歩き出した。

鍔広の帽子の下の太い首には汗が光り、半袖のシャツの背中の真ん中には縦に汗が黒い柄を作っている。

しっかりした足取りで１６５センチの小柄な体で歩を運ぶ浦部円造は、古稀を迎えたばかりの老人の筈だ。だが長年に亘って鍛え上げた体や身のこなしは一見五〇才前後で通り、浦部自身もそれを充分に知って自分の誇りとしていた。

平穏の世界では生きられないと知った浦部は三〇代で日本を離れ、アフリカに渡り、それからアメリカに落ちついたのが一九七〇年の初めだった。

気性の激しい浦部はアメリカでの芝生に囲まれた安易な生活に馴染めなかった。その結果彼は義勇軍の一員として戦場に身を投じた。

所謂マーセナリーだが、金の為ならなんでもしてしまう暗いイメージが付きまとう傭兵という言葉を浦部は嫌った。一応戦争の目的に納得しての参加だが、命を賭けて戦う報酬は世間で思う程のものでは決してなかった。それでも浦部は戦場を渡り歩いた。

理由は一つ、戦闘の場の中だけに沸き立つ、どうしようもない自分の血に駆られての結果だった。


人並みに浦部も結婚をして家庭を持った事があった。オクラホマの片田舎にある町の写真屋のブロンド娘は優しかった。南部独特のゆっくりした言葉使いは彼女の動作にも合って燃えるのも遅い。大柄、豊満な体で燃え尽きる彼女は、まるで塩を浴びたナメクジのように汗に濡れ、ニッと恥ずかしそうにピンクの歯茎で笑いながら慌てて引き上げたシーツで体を被う娘だった。

その妻も浦部の血を満足させる事はできなかった。離婚は、全ての財産を彼女に与えるという条件で簡単に成立し、浦部が再び独身の自由を取り戻して二昔が過ぎていった。

浦部は中米、南米の戦場を歩き、疲れた体をアメリカの家で癒す。この間にも女の出入りは盛んに続いた。小柄とは言いながら、恐れを知らない不屈の容貌と鍛え上げた男の体は女の本能をくすぐるものなのだろう。

コンクリートの道路の先がゆらゆら陽炎《かげろう》に揺れている。

振り返ると浦部が旅装を解いた椰子の樹に囲まれたポサダが目にはいる。ポサダとはホテルの一種で、無理をして日本語に直せば民宿となる。浜辺にあるそのポサダの料金はヘアールというブラジル・ドルにすると五〇ドルだ。二〇〇〇年五月の換算レートが米ドル1に対してブラジル・ドルが2・5だからネットはたったの二〇ドルで朝食付きだから悪くない。

安いとは言え、一月の収入が一〇〇ドル前後の現地の人にとっては滅多に利用できる場所ではなく明らかに観光者用だ。その観光客もシーズン・オフの今では姿はなく、泊まり客は浦部一人のようだった。ポサダの前に止めた浦部のレンタカーの窓が南国の太陽に光の虹を作っていた。

遊歩道を歩く浦部の前の少女がしきりに何か叫んでいる。

?……と辺りを見回しても人影はまばらで黒い影を落としているのは自分だけだ。

一〇代の半ば頃の少女は歩道の中程に立ちはだかり浦部を待っている。

身長は一七〇センチ弱の少女は細い体を赤いブラウスとブルーのショーツに包み、しきりに何か訴えている。距離が縮まると、真ん中から左右に亜麻色の髪を分け、後ろに束ねた大変な美少女だと分かった。大きな黒い瞳に短い鼻梁、頬にうっすら紅をさした笑顔が白い歯を見せていた。

少女の言葉はドイツ語だった。それが通じないと分かると今度は英語に切り替えた。

「ボート、サイトシーイング、ビューティフル、チープ」知っている英語が尽きたのか、少女は黙って脚をよじり、手を後ろで組んで笑っている。

少女の笑顔に釣られて浦部も笑顔を返した。

「クワント・クスタ?」幾らだね、とウロ覚えのポルトガル語が浦部の口をついて出た。

その途端に少女の口から堰を切ったようにポルトガル語が流れ出す。

「普通なら六〇だけど、アンタなら五〇にする。奇麗な景色はここからは見えない。みんな島の後ろにあるんだよ」

「そうかい、それでボートはどこにあるんだ?」

「こっち、こっちだよ」少女はさっさと歩き出した。ブルーのショーツの下に素直に伸びた長い脚にようやく女が匂い始めている。

ドビッシーだったろうか?〝亜麻色の髪の少女〟は……ふと浦部は頭の中に旋律を捜し始めた。

「あそこだよ、ほら……」少女の指の先、村から海に注ぐ川口の入江に日本のチョキ船に似た船が波に揺れ、カモメが艫《とも》に人待ち顔で止まっている。

ペイントのはげ落ちた船体は元の色が白か赤だったのか分からない。十人前後の乗客が乗れる船の天蓋の上はデッキになっていて安物のアルミ製のビーチ・チェアーが二つ並んでいる。

「これかい?」浦部がステッキで船をさした。

「そうだよ」少女はためらいを見せる浦部に向かうと「ねえ、四〇へアールにしておくよ。一緒に島を見にいこうよ」と体を擦り寄せてきた。

頷いた浦部に少女はぱっと顔を輝かせ「パパイを呼んで来る!」と一度走り出してからまた駆け戻ってくると「本当に待ってるんだよ」と叫び、浦部のステッキを引ったくると風のように走り出し、カモメがしきりに鳴き始めた。

パウロという少女の父親は浦部よりも老けて見える。この男は少女の父親というよりも祖父の感じであり、また少女の肌の白さに比べてパウロの髪の毛や肌にアフリカがあって奇妙だった。

舳先《へさき》に立った少女は長い脚で船着き場の縁を蹴り、手品師のようにロープを手繰る。

艫《とも》のパウロは腰を屈めてスターターのハンドルを掴み、勢いをつけて巻き上げる。そんな事を二、三度繰り返した後でディーゼルが一度黒い煙を吐いて動き出した。

少女が乱暴に舳先《へさき》に放り出した錨から滴った水の溜まりに群青《ぐんじょう》のブラジルの空が写った。

トクントクントクンとエンジンが唸り、ボロ船は針路を真東に向けて湖のように静かな海原を進みだした。カモメがしきりに後を追って来る。

[へーえ、これが大西洋か。なんと静かな海なんだろう。マゼランは太平洋とこの海を取り違えたのではないだろうか……]

振り返ると少女は艫《とも》に仁王立ちになって舵輪を掴んでいる。風に任せた亜麻色の髪の毛の回りが

パウロ

太陽に金色に光っていた。目が合うと口元をほころばせ、女の目で笑いかけて来る。

船の後ろの海が泡立っている。よく見ると無数の飛魚がタッチ・アンド・ゴーを繰り返しながら追いかけて来る。中には慌て者の飛魚もいるらしく船の中に飛び込んでしきりに跳ねまわる。〔しょうがないね……〕と言った素振りの少女が舵輪をパウロに委せると魚を拾っては海に投げ返している。

右手の島に人家があり、洗濯物が風に翻っていた。知人でもいるのか、パウロも少女も人家に向かって手を振っていた。島を右手にすり抜けると大小様々な島影が姿を見せ、浦部は夢中でカメラのシャッターを落としていた。

振り返る浦部の目に横たわるサン・ビセンテの村の全貌が飛び込む。その後ろは直ぐに黒ずんだジャングルの樹海が広がっている。そんなジャングルの中に立つ、背の高いノッポの椰子の樹だけが、さもきまり悪そうに風に身を揉んでいる。

空の色は、これまで浦部が目にしたどこのものでもない群青に輝き、そんな中、浜の礼拝堂の屋根に立つ金色の十字架が鋭く光ると、キリスト教徒でもない浦部の胸に宗教的な感動が湧く。

ブラジルの発見者、カブラールがこの辺りを〝天国に最も近い場所〟と呼んだ意味が痛い程分かると同時に、初めて、ブラジルにやって来て良かったという感慨が生まれる。

実のところ浦部にブラジルを訪れる明確な目的はなく、どこでも良かったのだ。

来る気になったのは知人の勧めもあったが、それ以上に浦部は自分の人生に限界と疲れを感じていた。戦いしか知らない兵士に戦場を失う事は羽をもがれた野鳥のように惨めだった。こんな状況下では、一向に衰えを知らない溢れる体力や気力は、むしろ浦部を苛《さいな》むものとなり、そんな中、かすかな慰めは数年前から始めた写真の撮影と読書だけになっていた。

このまま黙って朽ち果てていくのだろうか？　そんな事を考える時間が多くなると、心のどこかに第二の人生を探してみたい欲望も生まれていた。漠然と……

まず最初に訪れたリオやサンパウロの都会の無秩序の喧騒も、そこで出会う人間にも失望した浦部はサンパウロの衛生都市の一つ、クルセダスという日系人が多く住む町のホテルの部屋を仮の住まいとしていたのだ。

点々と浮かぶ島の一つ一つに丁寧に船を近付け、浦部がカメラを構えると速度を遅くしてくれる心遣いが嬉しい。

いつの間にか少女が浦部と堅いベンチに並んで座り、時折浦部の横顔を覗いている。目が合うと慌てて視線を逸《そ》らす少女に浦部の心は温もりを感じていた。

「お尻痛いだろ?」少女は笑うと浦部の返事を待たずに舟の舷側に括りつけた救命ジャケットをベンチに広げて自分が座り、余った部分に浦部を招いた。

どの島にも灌木が青々と茂ってジャングルになっている。平たい島はなく、どの島もお碗を伏せたように中央が高く、その頂上の辺りには野鳥が舞っている。

トクントクントクン、単調なエンジンの響きは眠りを誘い、後ろへ後ろへと流れる海面に浦部は心の中に溜った人生の垢が流れていくような爽快感に酔っていた。

「ねえ、そのタバコおいしいの?」隣の少女が浦部の顔を見上げている。並んだ背丈は浦部とどっこいどっこいだが腰を下ろすと頭一つ低い。座高が低いのだ。

「ああ、旨いねえ」浦部は思い出したように振り向くと、パオロにダンヒルの赤い箱とライターを一つ一つ投げて渡した。

「ムイト・オブリガド!」有り難う……と投げ返すパオロの声に誘われたように少女の手が浦部の膝に乗せられた。

「……?」

「ねえ、あんたの名前は?」少女が首を傾げて浦部の目を覗いている。

「エンゾウだ。エンゾウ・ウラベだ」

「オイオイ、アンタはイタリア人?」

「違うね。俺はジャポネスだ。ところで君のノーメ(名前)は?」浦部は膝にかけた少女の細い手を取った。すかさず少女が指を搦める。

「プリセラ! プリセラ・ベレンスタイン」

「ベレンスタイン? ドイツ人かい?」今度は浦部が少女の顔をのぞき込んだ。

「さあ……なんだろう? でも間違いなくブラジレーラだよ」少女は明るく笑った。

色々な人種の住むブラジルだから、どんな名前があっても不思議ではない。考えてみればホテルのフロント係のモレーナ(黒人の混血)はヤマザキという日本の名前だった。

「エンゾ」プリセラが浦部に声をかけ、目が合うと視線を反らせて言葉を続けた。

「?」

「エンゾはセニョーラが居るの?」

「居ないが……何故だい?」

「よかったあ! それならプリセラがセニョーラになって上げるよ」言うなり少女は立ち上がると浦部の首を抱いてキスを頬に送って来た。慌てた浦部が後ろを振り向くとパウロはニコニコとさも旨そうにダンヒルを楽しみ、島が近づいた。

巨大な岩の陰に自然に造った船着き場がある。少し手前でエンジンを止めると静かに船は滑るように岩陰に吸い込まれ、軽いショックが伝わって船は止まった。

舷側から覗く海は透明度が高く、無数のウニとカニが青白い海底に遊んでいる。

「セニョール、プリセラが案内しますから、上の展望台に行ってください。見晴らしが良いのできっと良い写真が撮れますよ」パウロは黄色い歯を見せて愛想よく笑うと自分のタバコを取り出して火をつけている。

蔦が絡み合う灌木の間に人一人がやっと抜けられる小径が曲がりくねりながら上に向かっている。前を行くプリセラの幼い尻が左右交互に揺れているのが可愛い。

「ほら、早くおいで!」最初は元気のよかった浦部も急傾斜の道に息を弾ませて遅れ勝ちになっている。鍛えた体と言っても、年齢には逆らえない。プリセラに手を引かれてやっと辿り着いた頂上はパウロの言葉の通りに絶景が広がっている。ここから見渡す海はコバルト色、そして渚の白い砂が次第に青味を帯びながら海底に伸びている。

天国に一番近いところ……か。浦部は呟《つぶや》きながらシャッターを押していた。

ウルブ(禿げ鷹)が不吉な黒い翼を広げて舞っている。プリセラが小石を拾っては投げつけている。

コンクリートのベンチに座って吸い込むタバコの味は格別だ。

ウルブ（ハゲタカの一種）

遠くにサン・ビセンテの町が見えて浦部がカメラを構えると突然にファインダーの向こうの景色が消えた。見るとプリセラが目の前に立っている。

思い詰めた厳しい表情の少女は乱暴に三千ドルのカメラを手で押しのけると、無言で浦部の膝にまたがり、そのまま首を抱いて唇を押しつけてきた。

一瞬驚いた浦部も、静かに唇を合わせている内に眠っていた男が体の深いところから次第に起き出して来る。プリセラの息が次第に荒くなり、首に回した腕に力がこもる。

自然に少女の腰を抱いた浦部の腕にも力が入り、引き寄せる少女の胸の膨らみの温もりが浦部の胸から体中に広がるにつれて理性の糸が細くなる。

絡んだ舌の間を往復する二人の唾液が鳴っ

ていた。

浦部の手の下で、少女の胸の膨らみは立派な成長を見せ、彼の手を押し返すように弾む胸の先端にある小指の先程の蕾は今にもほころびそうだった。少女は唇を離すと白い喉を見せてガックリ頭を後ろにのけぞらせ、かすかに呻いた。

浦部はどこかで声を聞いたような気がしてプリセラを離して振り向いた。

「デイスクルーペメ（失礼します）。未だ回る島がありますので…………」となかなか降りて来ない二人を案じたパウロがいつの間にか迎えに来ていたのだ。

「…………」言葉を失った浦部は立ち上がると、テレ隠しにカメラを構えた。だがファインダーには何も写らない。その筈だ、キャップがついたままだ。

一方のプリセラに悪びれた様子はない。ブラウスの胸元を直すと「なんだパパイ、もう行くのかい？」と頬を膨らませている。

今度はパウロが先に立って歩く。その後ろに続く浦部の背中に飛び乗ったプリセラの下腹の堅いシコリが浦部の背中を擽ると彼の心が揺れて景色が次第に遠くなる。

時折パウロが振り向く。別に浦部を咎めている目でもないし、娘のプリセラを叱る気配でもない。それよりも浦部の背中にしがみついたプリセラに「セニョールが重くて可哀そうじゃないか、降りたらどうかい？」と浦部に気を使っている。そんなパウロの言葉を耳にしたプリセラは「金輪際降りないよ……」とばかり一層強くしがみつく有り様だ。

娘はおろか、自分の子供すら持った事のない浦部にとって、背中の娘はいじらしく可愛いが、それは純粋な父親のような愛情かと問われると自信がなかった。

島巡りを終えた船は針路を浜に向け、先刻目にした島の小さな入江に乗り入れた。

「むさい所ですが、ちょっとお寄りになって下さい。冷たいものでも用意させますから……」とパウロはさっさと先に立って家に案内する。年甲斐もなく孫のようなパウロの娘を抱いている現場を見られた後ろめたさに、浦部は黙って従った。

浜から少し離れた高台に立つパウロの家から三百メートル程先の浜には浦部の泊まっているポサダと椰子の樹が見え、右手に船着き場と、そこにもやう船の影が見える。

相変わらず波は静か、その海面を滑るように、道を行く車や子供の甲高い声が風に乗って聞こえて来る。

家とは名ばかり、小さな学校の教室のような家の壁には二段ベッドが二つ並び、土間の床には自分の運命を知らないニワトリがコッ、コッと鳴きながら歩いていた。

西を向いた壁には硝子窓がはまり、そこから浜が見える。

ガランとした奥の壁際にあるクイーン・サイズのベッドがパウロ夫妻のものらしい。

二人の少女が息を切らせて家に飛び込み、浦部を目にした途端にギョッとその場に凍りついた。

「エンゾ、こいつらはアタシの妹なんだ。双子だからどっちだか分からないけど、これが……」

とプリセラが言いかけた途端に一人が「アタシはマイラ」そして他の少女が「アタイはルミナだよ」と同じ顔で笑った。どの娘も美しい顔立ちで浦部は母親に関心がわいた。パウロに似ていない以上、母親似の筈だからだ。

「この人はアタシの恋人のエンゾだよ。アタシはこのエンゾの奥さんになるんだよ」

プリセラが腰に手をあてがい、胸を張って宣言をしている。

「パパーイ、本当なの?」双子の一人がパウロに声を投げた。

「プリセラがそう言うのなら本当だろ」パウロの言葉に双子の顔が一度に浦部に向き、浦部は引き込まれるように頷《うなず》いてしまった。この瞬間に運命のギアが音を立ててシフトされた事に浦部もプリセラも、いや、誰一人として気づく者はなかったのだ。

「おめでとう!」少女たちは交互に浦部の頬に祝福のキスを贈り、次いでプリセラにも祝福を贈っている。

こいつは大変な事になった。今更ひっこみがつかない……と思う後から、第二の人生を孫のようなこの美しい娘とやり直すのも良いじゃないかと声が聞こえる。

「あんまり急な話ですので……」とパウロ夫人は困惑を隠さない。それでもいそいそと夕餉《ゆうげ》の支度を始める様子だ。年の頃は四十代半ばだろうか、肌も白く端正な顔立ちは娘たちとそっくりだった。違いと言えばドレスのボタンが千切れそうに太っている事だ。

「突然に押しかけて申し訳ありませんでした。今夜の夕食は私に任せて下さい。ほら、浜にあるあのイタリアン・レストランに案内させて下さいませんか」浦部の言葉の終わらない内に娘たちの歓声があがり、それぞれの着て行く服の争奪が始まった。

冷ややかに妹達を眺めるプリセラが「誰が一緒に連れて行くと言ったんだい」と言うと騒ぎはピタリと収まり、一人の妹が「ママーイ」と母の顔に助けを求めている。

別の妹は横目にプリセラを見ながら浦部にすり寄ると「お願いです、マイラは良いけどアタシを置いていかないで……」と泣きそうな顔を作っての哀願だ。

浦部はまるで守られるようにプリセラと彼女の母親に挟《はさ》まれて座っていた。双子の姉妹は舳先《へさき》に腰をおろし、なにが楽しいのかゲラゲラ笑いながら声高におしゃべりに余念がない。十代の半ばと言えは、箸が転んでもおかしい年頃なのは日本の娘と同じようだ。

トクントクントクン、単調なエンジンの音と娘たちの笑い声を振りまきながら船は太陽を追うようにサン・ビセンテ村の浜に向かって進み、ゆっくりと島影や景色が後ろに流れていく。

浦部の膝に手を重ね、ピッタリ寄り添ったプリセラは妹達の仲間には加わらず、時折浦部の顔に目をやっては小首をかしげて白い歯を見せる。振り向くと、艫《とも》で舵輪《だりん》を握るパウロの無表情な顔が夕陽に赤く染まっている。

「ウン、ドイ、トレス、クワトロ……」舳先《へさき》の娘たちが大声で数を読んでいる。

見るとジャングルの向こうにブラジルの五月の太陽が沈むところだ。緑のジャングルの色が次第に暗緑色となり、一瞬空が燃え、次にダイダイ色の太陽がジャングルの向こうに消えていった。「チャオ！　チャオ……」娘たちが手を振りながら別れを惜しむ声が海面を流れる。振り向いた浦部の目に、島の頂上の辺りが残照に赤く染まっている。薄く掃いたように空に浮かぶ雲がピンクの綿飴のように静かに流れ、その下を家路を急ぐ鳥の影が横切っている。浦部は突然、目まいがするほどの幸福感におそわれた。

これが人生ではないのだろうか？　もしかしたら、俺は捜していたものを見つけたのかも知れない……と湧き上がってくる感慨は尽きない。

腕を伸ばしてプリセラの細い肩を抱いた。待っていたように肩に頭をもたせたプリセラは、ちらっと浦部の顔を見上げてから目を閉じた。ピクっと動いた少女の長い睫に安心が漂っている。強い情愛の衝動に駆られた浦部は少女の頭を抱いて頬を擦り寄せた。「髭《ひげ》がイタイよ」少女が浦部の腕の中で悶え、カモメの鳴き声が降って来た。

青白い街灯の回りを羽虫がブンブン音を立てて飛び回っている。

色違いのTシャツを着て足にはゴム草履《ぞうり》をつっかけた双子の姉妹はよく笑い、大声でハシャギ回っていた。陽が落ちて多少でも涼しくなった故《せい》か、昼間には見られなかった人影が三々五々、街角や教会の前で話を交わしていた。

Yシャツにネクタイをつけたパウロが数人の男に囲まれ、別の所では窮屈そうにドレスを着こんだパウロ夫人が中年の婦人達と立ち話をしている。時折彼等の視線が浦部と傍《かたわ》らのプリセラを撫でていく。

「エンゾ、これ付けてよ」プリセラが片手で安全ピンを差し出した。

「なんだいこれは?」

「イヤリングだよ」プリセラは髪の毛を分け、指でつまんだ耳朶《じだ》を差し出した。

見ると耳朶に小さな穴が開いている。

「おい、これは安全ピンだよ。これを付けるのか?」

「うん、それしかないもの。はやく付けてよ」とプリセラは地団駄をふむ。

貧しい漁師の娘にイヤリングを買う余裕はない。それでも浦部の為に精いっぱい美しく見せたいという少女の願いに浦部の胸は熱くなった。

「やめな」浦部は安全ピンを捨てた。

「アッ! 何するんだよ」慌てて少女は安全ピンを捜している。この貧しいブラジルの漁村の娘にとって、一つの安全ピンといえど大切な財産なのだ。プリセラはベソをかきそうだ。

「ごめんねプリセラ。イヤリングを売ってる所はある?」

しゃがんだままプリセラが伸ばした指の先に雑貨屋があった。こんな田舎の町では食品から建材、生活用品、衣料品まで揃えている。買って貰える……と知ったプリセラの顔からベソが消えて笑顔になっている。スキップしながら雑貨屋に向かうプリセラの姿を目敏《めざと》くキャッチした妹達が、歓声を上げながらツムジ風のように後を追い、何事かと驚いた人達が見送っている。

もっともらしい顔付きの中年の店のオーナー然とした男が、ゲイのように小指をそらせて摘《つま》んだイヤリングをプリセラの耳にあてがい鏡に写してやっている。その後ろで抱き合った双子の姉妹が息を呑んでプリセラを見守っていた。

プリセラがやっと一つを選んだ。金色のイヤリングは、なんと日本の寛永通宝のミニチュアであり浦部は気に入らない。値段も米ドルにして2ドルもしない安物だった。

「おいプリセラ、もう少し良い物にしたらどうか?」と言う浦部の言葉にも少女は耳を貸さない。アメリカや日本の女性は、人から物を与えられる時には、自分の好みよりも値段で選ぶ、だがここでは価値観が違うのだ。

「分かったよ。それなら俺が一つ選んでやろう」と言う浦部の言葉に、もう一つ買って貰えると悟ったプリセラの目が据わり、そこに双子が加わって大騒ぎになった。

浦部の目がタバコのショウ・ケースに止まった。ウインストン・キャメル、ラッキー・ストライク等のアメリカン・ブランドが並び、値段が米貨の80セント程度だ。狐にツママレタような気で早速買ってみたが、お釣りが来た。アメリカで生産されるタバコがアメリカで一箱3ドル80セントというのに、同じタバコがここで80セントというのが浦部にはどうにも解せなかった。他の商品の値段を見回してみると、いずれもアメリカの三分の一か日本の半分程度だ。突然、気が大きくなった浦部は衣料品売場に歩いた。

キャー、キャーと店の中に黄色い歓声が渦を巻き、人前もはばからず裸になった娘たちは取り替え、引き替え試着に我を忘れている。

奮闘約一時間、娘たちがいずれも真新しいジーンズにTシャツ、スニーカーに身を包み、イヤリングを光らせて出て来た外は、すっかり夜の帳《とばり》が下り、コールタールを流したような艶のある黒い海面に落ちた無数の星影が揺れている。

パウロ夫人は未だ立ち話に夢中だ。ここブラジルの人達は話が好きで、一度、話の口火を切ったが最後、もう止まらない。

イタリア・レストランというのにメニューは全部ポルトガル語で書いてある。

途方に暮れているとギャルソンが英語メニューを持って来て浦部はほっとした。さすがにここは観光地、シーズンには外国人が多勢来るのだろう。

パウロ親子はポルトガル語のメニューに頭をひねっている。おそらくこんな店に入った事はないのだろう……と察した浦部は手早くワインとスープを注文した。

一週間あまりの滞在だが浦部はぽつぽつブラジルの習慣を身に着け始めていた。その中でも食後のエスプレッソコーヒーを啜《すす》りながら、ゆっくりタバコを燻《くゆ》らす事で引き出す充足と満足感を浦部は特に愛した。ブラジルで耳にするカンツオーネもまたひと味違う。

冷房の利いたレストランから外に出ると未だ蒸し暑い。海岸のベンチに歩くと母や娘たちが別のベンチに座り囀《さえず》る。プリセラが時折浦部の存在を確かめるように視線を投げていた。

通りかかる人が必ず声をかけていく。

「ポンノッチ」はポルトガル語の今晩わだ。時には「コモバイ?」となり、返事は短く「ボン」で終わる。「タボン」は英語のOKに相当し、もっと短くなると「タ」の一言で片づくようだ。

「オイ」はハイ、イエス、やあやあ……に相当し、声をかけられた時や電話口で「オイ、オイ」と返事をする。

「すっかり散財をかけてしまって、スイマセンでしたねえセニョール」パウロが恐縮しながら手で羽虫を追い払っている。

「とんでもない、僕の方こそすっかりお世話になってしまって……」

話の接《つ》ぎ穂《ほ》がなくなって時間が流れ、島の陰から新月が顔を覗かせた。

軽く背中を丸めて座ったパウロが思い切った様子で顔を上げた。

「セニョール、プリセラの事なんですが……」表情がきびしい。

「分かっています。たしかに僕に遊び心があったのは否定しませんが、今の僕は真剣にプリセラとの未来を考えているんです」浦部の言葉に、見る見るパウロの表情が緩み肩の力が抜けた。親なら心配するのは当然だろう。

少し間を置いて浦部がタバコを取り出して口を開いた。

「パウロさん、僕は七十才です。非常識なのは分かっていますが、ともかく彼女を幸せにしたい……という気持ちは事実ですし、真面目に考えているんです」

「セニョール、それだけ聞けば儂は充分です。プリセラは未だ十五才でしてね、先の事はあまり考えない年頃です。儂《わし》が不思議に思ったのは、ご覧の通り親の儂が見てもこの辺《あた》りには珍しい器量《きりょう》良しで、言い寄る男も少なくありません」

浦部が頷いた。

「どんな若い奴等が言い寄っても相手にしないプリセラが、セニョールには心を開いてしまったんです。儂は不思議でなりませんでした。そこで儂のお願いしたいのは、しばらくはあの娘《こ》をこのままにして置いてやって貰いたいのです……」

「……よく分かります。あの年齢ですから、気が変わる事もあるでしょう。もし彼女の気が変わったとしても、僕の自分の立場を考えれば諦めます」

「セニョール、あれは儂に似て、頑固なので気が変わるとは思えません。儂の心配は、セニョールの方がアメリカに帰って、あの娘《こ》を忘れてしまう事なんです。あの娘《こ》がもう少し大人になるまで娘のままでおいてやって下さいましな、お願いでございます」

「分かりました。パウロさん、約束します。僕がプリセラをアメリカから迎えに来るまでは彼女は貴方の娘ですよ」

「ああ、お話をしてよかった。胸につかえていた物が落ちた気がしますだ。プリセラが貴方に好意をもつ理由を儂は、我々の中に流れる血だと思っているんです」

「なんと言われました？　ち、血ですって？！」浦部はしげしげとパウロを見つめた。

大きな浦部の声に女達が一瞬話を止めて顔を向け、プリセラが浦部にキスを投げてきた。

「そうです。儂の祖父はスガワラというジャポネスですだ」パウロが口をつぐむと女達の声が高くなった。またどこかのオバさんが仲間に加わったらしい。

「でも、貴方の名前はスガワラではなくベレンスタインじゃなかったですか？」

「その通りです。儂は母から貰った祖父のスガワラ・カズオの日記を持ってますだ。母は大切な宝物だと言ってましたので儂も大切にしています。もちろん、儂には何が書いてあるのかさっぱり分かりませんが、セニョールなら読めましょう」

「パウロさん、是非読ませて下さい。貴方やプリセラの中に僕と同じ日本人の血が流れているなんて……」浦部は運命の不思議さに絶句した。

「よければ、今夜にでも届けましょうか？」

「いやあ、僕が頂きに行きますよ。ねえパウロさん」

「……？」

「この奇妙絶妙な我々の運命をピンガで祝おうじゃないですか！」

「オイ！　そうしましょうやセニョール。家に良いヤツが隠してあるんです。おーいみんな帰るぞ……」パウロが女達に怒鳴るとプリセラが浦部の背中に飛び乗った。

家に飛び込むと娘達は浦部の前もはばからずクルクルと裸になってTシャツに着替え、買ったばかりの大切なジーンズやTシャツ、イヤリングを各々の箱に収めてベッドの下に押し込む。それが済むとベッドの下段に腰を下ろして丹念に髪の毛にブラシを当てながら話に加わるのだ。

窓から見える対岸の家や街灯の灯火が暗い海面に落ちてゆらゆら揺れ、しきりに湧きあがる虫の鳴き声の間に華やかな少女やパウロ夫人の笑い声がハーモニーすると、文字通りのホーム・スイート・ホームのむせ返るような温もりが溢れ、浦部はこのまま、時間の止まることを心の中で願った。

浦部は率直に「ここの生活が羨ましい……」とパウロに告げた。

「まあ、今は儂も満足していますけど、ここに来るまでは色々な事がありましたよ」パウロは生《き》のままのピンガを口に含み、グビリと飲み干してハーと息を吐いている。

「失礼だが、パウロさんは幾つになられますか？」

「儂ですかい？　一九四二年ですだ。今年で五十七才ですかなあ………」

「五十八ですよ、アタシの年は忘れない癖に自分のは覚えていないんですよこの人は」スリップ姿の夫人が笑いながらパウロの肩を小突くと大きな胸が揺れ、パウロが眩しそうに目をやっている。仲の良い夫婦なのだ。ピンガで肌を赤く染めた夫人は「アタシはねセニョール、未だ四十三なんですよ。この人と十五も違うんだから、もう少し大事にしろって言ってやって下さいな」と髪の毛を手で掻き上げて笑う。

「ママーイ、そうすると、エンゾとアタイは五十五も違うんだね」とプリセラの声だ。

「あら本当だわね。きっとセニョールはプリセラを大事にしてくれるわよ」

「でも変だなあ」

「何が?」

「パパイの方が息子のエンゾよりも若くなっちゃうじゃないか」プリセラの言葉に爆笑が湧いて夜が更け、裏山の夜鳥がしきりに鳴き出した。

天国から一番遠い所

〔一九一一・八・四。上陸以来二年経ちたるに生活の改善これなく、六時の鐘に追わるるこの農奴の我が身、なれど獄舎に繫がる同志を思えば幸いなるや。しきりに故郷夢に現る。ぜんまい食す、故郷の匂いかすかなり。沖縄のコロン二人脱走す。〕

昨夜のピンガの飲み過ぎで頭が重い。実のところ、どうやってこのポサダの部屋に辿りついたのか記憶が途切れていた。

朝食のテーブルに並んだグワラナをコップで三杯飲み干して、やっと人心地ついたところで部屋に戻り、早速に開いた、昨夜パウロから預かった日記の巻頭の文がこれだった。鉛筆で几帳面に書かれた文字を何度か追う内に、薄紙を剥《は》ぐように事情が頭に浮かび始めた。


一九一一年と言えば第一回目笠戸丸の移民の上陸から二年目だ。第二回目の移民船の旅順丸がサントス港に入港したのが一九一〇年だとすれば、この日記を記した人は明らかに第一回目、笠戸丸の移住者の中の一人だろう。はてな、パウロの祖父だというこの人の名前はなんだったろう？　浦部がどんなに頭を捻《ひね》っても思い出せない。日記のどこにも名前らしいものはない。

農奴の身を嘆いているのは分かる。だが次の、獄舎に繋《つな》がる同志とは誰の事だ？　沖縄のコロン達が脱走……コロンとは一体なんだろう？……　拾い読みをしている内にコロンが労務契約の農奴《のうど》と分かり、しばしば日記に現われる〝革命〟という文字から、当人が当時弾圧されていた社会主義者だと分かった。その決定的な証拠は一九一二年の彼の日記にあった。

〔幸徳秋水先生初め同志十二名の死刑を知る。革命の夢は終わりたるや〕と書かれた一節の文字の乱れに当人の相当の心の動揺が窺《うかが》われた。

幸徳秋水《こうとくしゅうすい》……と言えば……、確か明治天皇暗殺の大逆事件の首謀者ではなかったか？

プリセラ

この日本全土を震撼《しんかん》させた事件を知らない日本人は、戦後の日教組に毒された者か、余程の馬鹿しかいない筈だ。

その彼を同志と呼んだこの日記の当事者は、移民に混じって官憲の追求からブラジルに逃れた社会主義者に違いない……と結論づけた浦部は船着き場に走り出した。

息を切らせて駆けつけた船着き場にパウロは居なかった。仲間の船頭らしい男が慇懃《いんぎん》に挨拶をすると「アメリカ人の客が来て出かけましたが、二時間位で帰りますよ。ほらあそこです」と大海原の一点を指差した。海に住む男たちは遠目が利くらしい。

ポサダに引き返す浦部の姿を目にした雑貨屋の主《あるじ》が飛び出して来ると大きな手を差し出して「おめでとうございます!」と握手を求める。

「な、何がめでたいんですか?」

「いやですね旦那ぁ、婚約ですよ。あのプリセラちゃんはこの村一番の別嬪でしてね、末はミス・ブラジルだと専ら評判の娘さんですよ。そのプリセラちゃんの心を一度で掴んだ旦那、たいしたもんですよ。お目が高いですねえ旦那は」

「冗談でしょ。可愛い娘だとは思いますけど婚約なんて決めごとは……」

「いやあ、ちゃんと道を踏んでなさったんじゃないんですか」

「……？　どう言う風にですか？」

「パウロさんの家にでかけましたね。それから家族全員を食事にご招待し、プリセラちゃんの姉妹に贈り物をしたじゃないですか。残るのはパウロさんへの贈り物と奥さんへのプレゼント、そして婚約指輪ですな。ね旦那、私に用意させて下さいよ、心を込めて勉強させて貰いますよ」早口でまくし立てる主の言葉は浦部には半分も理解できない、だが聞く気があれば大体察する事が出来るものだ。

「まあ、パウロと奥さんには何か……て考えているんですよ」

「エライ！　プリセラちゃんも若いのに目が高いなあ、旦那を選んだんだから。そうだパウロさんは革のサンダルを欲しがっていたんですよ。丁度昨日入荷したものがありますし、奥さんは、やっぱりドレスでしょうなあ。言っちゃ悪いけど、昨夜のドレスは駄目ですよ。なあに、サイズを戴ければ二日で取り寄せます」

「分かりました。サンダルもドレスも買いますけど、お宅にファックスあります？」

「ファックス？　ありますよ、こう見えてもこの辺りじゃ正直者の大商人の私です。ファックス無しじゃ商売は出来ませんからね。どうぞ使って下さいよ旦那」

主は手の皮が剥けそうな揉み手で金歯を見せた。

「ところで、婚約だなんて、誰がそんな事を言ってんですか？」

「旦那、この村の人口は三百あるかないかですよ。産業は果樹園と漁業だけだから人の出入りのない、まあ、大家族ですからね。多分、今朝の朝メシの話題は旦那とプリセラちゃんだったでしょうね。えっ？　私のところもそうかって？　もちろんですよ」

心なしか道ですれ違う村人の態度が温かい。雑貨屋の主の言葉の通り村全体が知っているのだ……と思うと、慌てて浦部は投げ捨てたタバコの吸殻を拾ってポケットに収めた。

確かに一人の観光客として昨日目にした薄汚い町並みも、道路の穴の雑草にも親しみがある。このたったの二十四時間に起きた変化と運命の不思議さを思いながらポサダに急ぐ浦部の頭にパウロの祖父の名前が湧いた。カズオ・スガワラだ！

ポサダに戻った浦部はこのポサダにもファックスがあるのを知ると早速、日本の知人にブラジル移民の情報を問い合わせた。

ポサダの周囲に立つ椰子の木の葉が風に鳴り、プールの水面に風が見える。今日は昨日に比べて風があるようだ。

目を遊ばす浜に、提督の検閲を受ける水兵のようにカモメが沖に向かって並んでいる。

風がある故か気温は昨日よりも低く、浜に寄せる波の頭が白い。

じっと凝らす浦部の目に黒い煙をなびかせた黒い汽船が入って来た。舷側に笠戸丸と白い文字が描かれていた。甲板に人が溢れている。パラソルをさした婦人、ソフトを被り三つ揃いのスーツに身を固めた紳士たちが期待と不安を顔に浮かべ、じっと、こちらを眺めている。その中のどこかにパウロの祖父が居る。そして彼等を待っていたのは、一体どんな運命だったのだろう?。

深い思考の海に漂う浦部を現実に引き戻したのはプリセラだった。

「何をそんなに考えているの?」昨夜買ったばかりのブラウスにショーツ姿のプリセラは背中に小さなバック・パックを背負ってプール・サイドに立っていた。

「……お前の事さ」浦部は両腕を広げて胸に抱き締めた。華奢な細い体だ。

「本当かい? でも? みんなにそう言ってんだろ?」プリセラは鼻の頭に小じわを寄せて長い睫の下から睨んでいる。

「今の俺にはお前しかないよ」浦部はプリセラの背中を撫でながら耳許に囁いた。

「信じていいんだね?」プリセラは浦部の首を抱いたまま膝にちょこんと座った。

「もちろんだよ、お前は俺の宝物なんだよ」

「エンゾ……」とプリセラが顔を上げた。

「?……」

「プリセラ嬉しくて、泣きそうだよ」見ると本当に下瞼が濡れている。浦部はハンカチを取り出して涙を拭いてやり、プリセラはそれを鼻に当てるとブーっと思い切り鼻を鳴らした。

「学校に行ってきたのかい？」

「うん」首にしがみ付いたプリセラの頭の向うにポサダの支配人が居た。この支配人もすでに噂は聞いているのか、にこやかにプリセラを眺めている。

「ボン・ジア」細い声でプリセラが挨拶を送った。

「ボン・ジア、プリセラちゃん。幸せそうだね」

「うん」プリセラは浦部の分厚い胸に顔を埋める。

支配人は浦部に向かうと「事務所は閉めていませんので、いつでもファックスは使って下さい。ところで日本との時差はどの位あるんですか？」

「ええ……と、たしか日本は十七時間先行している筈です。ファックスの返事が入るとなると、夜中になるかもしれません」

「ですから、事務所は開けておきますよ。今は丁度シーズン・オフでセニョール以外に客はいませんから、どうぞご自由に……」アメリカでは考えられない大らかさだ。

またこのポサダの部屋にあるのは内鍵だけだった。考えて見れば浦部の生まれた東京の家にも鍵はなかった。ここの全ては丁度半世紀前の日本に似ている。

浦部はプリセラと手を繋いで村を散歩した。ホット・ドッグを食べ、釣り具屋や古道具の店等を覗きながら、ぶらぶら船着き場に歩いた。もし日本であれば好奇、羨望、批判の冷たい目が集まる筈だがここにはそれがない。それどころか、軽く挨拶を交わす村人の目には温かい祝福があり、浦部は幸せに胸が膨らむ。

「これ美味しいんだよ」プリセラが足を止めた。リヤカーに積んだ箱の上に青いココナッツの実が幾つか並んでいる。ドジャースの野球帽を被ったオヤジが、すぽんと頭の部分を切り落としてストローを二本添えて差しだす。

チューチューと先ずジュースを飲み干す。冷えたジュースの味は、まさに甘露としか言えない絶妙の美味しさだ。そしてオヤジが再び実の三分の一の辺りを輪切りにしてスプーンをくれる。このスプーンで今度は実の肉をアイスクリ

プリセラと浦部

ームのように掬《すく》ったり、削ったりして口に運ぶのだ。

値段は米価にして10セント程度だ。浦部がハワイで食べた時は4ドルだった、とすればここでは40個のココナッツが食べられる。またバナナの値段も只のようなものだ。

「パパーイ！」パウロを見かけたプリセラが駆け寄ってキスを交わしている。

「昨夜は本当にお世話になりました」握手の後で何度もパウロは頭を下げている。

「とんでもない。あのお預かりしました日記は大変貴重なもので、今僕は夢中で調べている最中なんですよ」

「そうですか、色々と分かりましたら儂等にも是非教えて下さい。今朝もカアチャンと話しをしてたんですが、セニョールを儂等に引き合わせてくれたのは神様のお陰だと言ってカテドラルにローソクを上げて来ましただ。そしたら、直ぐに島巡りの客が来ましてね……セニョールは儂等の幸運の神様かも知れません。有り難い事ですだ」

「いいえパウロさん、僕の方こそ有り難いと思っているんですよ。大げさな事を言うようですが、丁度、今僕の人生が始まろうとしているような気がしているんです。昨日何気なくこの村を訪れたのも運命だったような気がしています」と語りながらも浦部の頭はスガワラの日記のことで膨れ上がる。「ところでパウロさん、日本の移民が上陸した場所がどこかご存じないですか？」と言葉を続けた。

「はい、あれはたしかサントス港ですだ」パウロは目を北に伸ばした。

「遠いんですか?」

「いやあ? バスで三時間位でしょうかね」

「あ、ありがとうパウロさん。僕は車がありますので、直ぐに出かけます」浦部は挨拶もそこそこに足早にポサダに向かい、プリセラが慌てて後を追ってくる。見送るパウロが〔なんと気の早いお方だ、でも気をつけて……〕と口の中でつぶやいていた。


「エンゾ、止めて!」プリセラが叫び浦部が車を止める。プリセラが友達や知り合いを見かける度に車を止めさせるのだ。浦部とドライブをしている自分の姿を自慢したくてしょうがない様子で、小さなサン・ビセンテの町の中で十分も無駄にしていた。

「駄目だプリセラ、時間がないんだ」フクれるプリセラを横目に浦部はアクセルを踏み込んだ。1200ccの小さなエンジンのヨーロッパ製のレンタカーは結構転がる。

一時間程走り、川を渡って直ぐにまた大きな川に行き当たった。その向こうに立ち並ぶビルの林が見える。サントス港だ。

渡しで車ごと向かいのサントス市に渡り、ポサダの支配人に言われた通りに海岸に沿って東に車を駆る。隣のプリセラは黙って物珍しげにキョロキョロ辺りを見回している。

やがて高層建築のアパート群が立ち並ぶ一角に入ると、左手のビーチ・パークに立つ銅像が見

移民記念の親子像

つかった。最初は海だと思っていたそこは大きな湾、その浜に上陸地点があった。

両親と男の子の像が西を向いて立っていた。〝この大地に夢を〟と銅板の碑銘があったが、「橋本龍太郎」と揮毫《きごう》者の名前がエラそうにあるのは嫌味だ。銅像の後ろには一九〇九年六月十八日に上陸した日本の移民は、今は一四〇万となって活躍している……との説明が日本語とポルトガル語で書かれ、プリセラが頭を傾げながら時間をかけて読んでいる。

百年近い昔に、ここに俺と同じ日本人が立っていた。そして今、俺は運命の糸に繰《あやつ》られるようにここに立ち、これ等の開拓者達が選んだこのブラジルの大地に第二の人生を考えようとしている。湧き起こる感慨に、じっと見上げる銅像の主の片腕が真っ直に西を指している。この人達は、待ち受ける猛獣、飢餓《きが》、マラリアの地獄のような悲惨な生活環境の知識があったのだろうか？　少なくともスガワラの日記に見るものは地獄だ。

海にガスがかかかっている。その中を飛ぶ鳥の影が濃淡を見せ、銅像の後ろのベンチに座った初老のカップルが仲良く抱き合っていた。

ミャーッ！　カモメの鳴き声に、ふと見上げた銅像の主の頭に止まったカモメが行儀悪く糞を落とした。糞は涙のように主の頬を伝って流れた。

「プリセラ、お前のご先祖さんもここから上陸したんだよ」

「えっ？　エンゾ、アタイもジャポネなの？」プリセラは何も知らないらしく目を丸くして銅像を見上げている。

「どうも、そうらしいんだ。俺は丁度その事を調べている最中なんだよ」

「へーえ、知らなかったけど……本当なら嬉しいなあ」浦部の腕を抱えたプリセラの手に力が入っている。

「お前、そんなにジャポネスが好きなのか？」

「ウン、だからエンゾが好きだ。ね、明日学校で皆に話してもいいかなあ？」

「うん、でも、もう少し後にしたらどうだ」

「オイオイ（ハイハイ）。ね、エンゾお腹が減ったよう……」
「お前はよくお腹が減るなあ」
「若いからね」と笑うプリセラの頭を小突いた浦部の車が渡しに差しかかる頃、スガワラを運んで来たサントスの東の海に黄昏《たそがれ》が迫っていた。

時間を惜しんだ浦部は途中の小さな町でハンバーガーを買い、車の中で食べながらサン・ビセンテの村に滑り込んだ。

「なんだ、もう終わりか……」と口を尖らせるプリセラを船着き場で待っていたパウロに送り届け、挨拶もそこそこに戻ったポサダに長いファックスが届いていた。

「浦部先生様。次の通りご報告申し上げます……」から始まるレポートには一九〇九年の移民における、出身地別の人数がある。沖縄三二四名、鹿児島一二七名、熊本七八名、福岡七七名、広島四二名、山口三〇名、愛媛二一名、高知一四名、宮城一〇名、新潟一〇名、東京三名、合計七八一名。第二回目は旅順丸、一九一〇年六月二八日サントス港着、九〇九名。第三回は厳島丸、一九一二年四月二八日同港着、一四三二名……と次第に移住者の数が増えているが、スガワラという人物を特定できる内容ではない。だが、当時の貧困に喘ぐ農民や労働者の間に社会主義者の台

移民記念碑

頭が起こった。

日露戦争を契機として一気に帝政ロシアのツアーを血祭りに挙げ、社会主義国家の建設を目指す新しい社会主義の思想の波は日本列島にも及んでいたのだ。

天皇を中心とした日本の階級制度に反対するグループは密かにクーデターを計画し、爆弾テロで天皇の暗殺を企んだ幸徳秋水他多数が捕らえられ、一九一一年に絞首刑となったが、官憲の網を潜り抜けた多くの社会主義者が支那、満州やロシアに逃れた……とレポートは結んでいる。

皮肉な事に、未遂に終わった天皇暗殺の翌年の一九一二年九月一三日、明治天皇は崩御して年号は大正に改った。とは言え、スガワラを初め多くのブラジル開拓民に天佑はおろか光さえ差さなかったようだ。

窓の外の椰子の葉がしきりに渇いた音を立てて風に鳴っている。ラップというアメリカの黒人の好む喧《やかま》しい音を振りまきながら、一台の車が赤いテールを光らせて海岸通りを走り去って行った。

見るともなく、ふと見やった浦部の目に黒ぐろと島影が映り、裾の方に黄色の小さな灯が揺れている。ここからフーッと息を吹きかけても消えてしまいそうな小さな灯りだが、昨夜、浦部はそこに幸せがあるのを学んでいた。

自家用機セスナを持ち、ベンツを誇り、プール付きの家に満足していた時代が走馬灯のように頭の中を横切るが、華やかさはあってもどこか温もりが欠けていた。

じっと見つめる小さな島の灯は浦部の心に温もりをもたらすと同時にエトランジェの旅愁がひしひしと心に忍びこむと、浦部はプリセラを想った。

自分の住むアメリカなら電話で話が出来る。一〇〇キロの道でも僅か一時間足らずで飛ばしてデートも出来る。それがここでは目の前にプリセラの家を見ながら越えられない距離があるのだ。でも、その距離があるからこそ、会う悦びも大きいのかも知れない。

〔そうなんだ、耐えるという事は貯金のようなものかも知れない。たが、待てよ、スガワラの日記を読む限り、彼の人生は耐える事ばかりのようだが、貯金（喜び）はどうなったのだろう?〕

浦部の頭はスガワラの虜《とりこ》になっていた。

昨夜の新月が島の上に懸かっている。今夜は少し肥ったようだ。


ポサダの事務所に、浦部が問い合わせたポルトガルの〝単語〟の返事が来ていた。スガワラの日記に書かれたカタカナのポルトガル語を、評論家をしている言語学者の知人に問い合わせたのだ。コルションとはブラジル式布団であり、フォイセは日本の鎌に当たるのだそうだ。

しめた！　これでおおよその日記の意味が分かる……と思うと浦部は興奮のあまりプリセラを忘れて日記にのめり込んだ。


コツン、コンコンと窓が鳴っている。ブラジルの昆虫はデカイ。車の窓にあたって砕けた昆虫はまるで小鳥のようだった。今の音もそれ……と思って目をやったカーテンの向うに人影が動いている。

「キエン（誰だ）？」

「アタイだよ、プリセラだよ。早く開けておくれ！」ガラス越しの声が細い。

飛び込んだプリセラは言葉もなく浦部の首に飛びつくと唇を合わせて息を弾ませる。

その体が氷のように冷たい。

「こんな夜中にどうしたんだよ?」濡れたプリセラの体から水が滴《したた》っている。

「会いたいから来ちゃったんだ」ケロリとした顔だ。

「一人でか?　どうやって来たんだ?」

「泳いで来たんだ。寒いよう……アタイお風呂に入るよ」

「うん、それは良いけど……パパイやママイは知ってるのか?」

「さあ、眠ってたよ」ショーツとTシャツを脱ぎ捨てたプリセラの体がスタンドの灯りに白々と浮かび、浦部は慌ててスイッチをひねった。

バス・ルームからタオルで体を包んだプリセラが出て来る。そのままベッドに飛び込むと頭から毛布を被り、顔を半分覗かせ「寒いようエンゾ、風邪を引きそうだよ」と哀れっぽい声をあげている。

浦部もこの年齢になるまで色々な女の誘いを知っている。だが、奔放《ほんぽう》と言おうか無邪気と言おうか、このプリセラの態度に面食らった。

「はやく来ておくれよう。寒いんだよ」プリセラは焦《じ》れて足をバタバタさせている。

さしこむ街灯のあかりに浮かぶプリセラの顔色が心なしか冴えない。慌てた浦部はベッドに乗ると毛布で細いプリセラの体を包み、自分の体を添えた。

ドッブン、ザザーンと浜で波が鳴り、ついでシャーと潮の退く音が窓の向こうで鳴っている。

「プリセラ、もう温まったろう?」と浦部が体を起こそうとするとプリセラの腕が首に絡みついてきた。毛布の下からはみ出た細い肩先や胸元が青白く暗がりに浮いている。

「未だ寒いよ」顎を引いたプリセラは浦部の首を抱いたままだ。

「嘘をつけ、ポッポしてるじゃないか」

「そうかなあ……」と呆《とぼ》けるプリセラの腕をほどいて起き上がるとプリセラも釣られたように体を起こした。毛布が下がって上半身が露になっている。堅そうな少女の胸の膨らみの二つの蕾が別々の方向を向いている。プリセラは無言で浦部の顔をじっと窺《うかが》っている様子だ。

突然、浦部は馬鹿にされているような気がした。経験豊かな年増女ならともかく、十五才の小娘にからかわれているように思えたからだ。

「お前、こうやって男と寝た事はあるのか?」正面から浦部は思い切って声を投げた。

「ないよ」タオルでごしごし濡れた髪の毛を拭きながらの答えに浦部はほっとした。

「……男と女がベッドに一緒にいれば……どういう風になるのか、お前分かっているのか?」

「知ってるけど……」浦部の質問の意味が分からないのかキョトンとしている。

「フーン、どうして若い娘のお前がそんな事を知ってるんだ?」

「どうしてって……パパイとママイのアモールを何回も見てるもの」プリセラの言葉を耳にして浦部の肩から力が抜けた。なるほど、プリセラの家は寝室のない一間に雑魚寝のようなものだ。貧しいブラジルの環境では多かれ少なかれ一間で家族が暮らしている……とすれば当然の事だ。

他の国に先がけてこの国の子供の早熟なのも、こんな生活環境にあったのかと浦部の謎の一つが解けた。

浦部が自分の男物の下着とTシャツをプリセラに着せた。するとプリセラは「ママイはいつも裸だよ」徹底交戦の構えだ。仕方なく浦部は「結婚するまではアモールはしない」と宣言したが、それはプリセラ……だけではなく、ブラジルの一般女性にとっては理解の外のようだ。この夜、浦部はプリセラを娘のままに……とパウロと交わした約束を眠りもやらず呪いに呪っていた。

帰るの帰らないの、多少のごたごたはあったが、プリセラはじゃぶじゃぶと水を掻き分けて暗い海に消えた。

月は沈んで黒い水面に白い波が立ち、しばらくプリセラの水を蹴る音が聞こえていたが、それも聞こえなくなって浦部は部屋にとって返すと双眼鏡を覗いた。だが、目に映るものは石炭のような黒い艶のある海面と星屑だけだった。柄にもなく浦部はプリセラの無事を祈りながら浜に立ち尽くしていた。

眠ろうとは思う、だが頭は冴えてスガワラの日記を開いてしまう。日記とは言っても覚書に近く、年月日にしても、記載していないものが多く、年代を計るのはその前後にあるページからの推定しか道はない。

〔マンジョウカとトウモロコシの団子の食事が二週間なり。フォイセ（鎌）に力入らず、誤って足を切る〕

〔一九一二年十一月九日、明治終わりて大正となるを聞く。階級制度の頂点明治が没せし事は歓迎する事なるも、次に引き継がれる制度の維持を思えば日本の労働者、農民の道は遠し〕

〔この日、初めてパトロン（農園主）を見る。エゲレス人のこの男、我等コロン（農園労働者）を見る目、あたかも家畜を見るが如し。搾取階級の先鋒たるこの者にプロレタリアの鉄槌下る時来るを信ず〕

〔一九一二年十二月、コーヒーの収穫順調なるも我等に恩典ナシ。この年の春、厳島丸にて到着せるコロンと会う。ズーモン付近の農園にマレタ（マラリア）発生しコロンの半数が死亡とか、心曇るも明日は我が身やも知れず〕

〔一九一三年元旦、日本人コロンに招かれて米を食す。鳥肉、鱈の塩づけに故郷を思う。帰心あれど、その日の到来は……〕

〔農園に淫売の一団来る。ネグラ（黒人）、ムラタ（白黒混血）に値段の違いあり。一発の値はネグラが450レース、ムラタは600レースにしてモレナ（同じ混血でも白人の血の濃い女）は700レースなり。思考を忘れ牛馬の如く労務に追われる我等コロンの欲望は旺盛にして、吾も450レースの散財をす〕

〔一九一三年、夏。この農園も傲慢なエゲレス人なるも、ドイツ人のフイスカール（監督）温厚にして他の農場とは格段の差あり。コーヒーの開花あり、白い可憐な花ありて心安らぐ〕

〔監督の名シュタイナーなり。娘ハンナは可憐なり。夜、彼女とワグナーを聞き、夫人にビールの振舞を受け、その上シュタイナー氏より英文のタイムズ誌を戴く。久しぶりの文字に興奮す〕　この一節

ブラジル娘（ムラタとモレナ）

からスガワラが他の農民の移住者とは違うインテリに属する青年であった事が窺われる。

一体何日が、いや何週間経ったのか分からない。菅原はひたすら石炭を缶《カマ》にシャベルで放り込み、そして食べて眠るだけだった。東北出身の大柄な二十二才の青年は髭と炭塵にまみれて年齢も人種も定かでない。常温四十度の機関室の全員はフンドシ一つだ。

「着いたようだ」同じ缶炊《かまた》きの小野寺が白い歯を見せた。

「そうですか。色々とお世話になりました」菅原はぺこりと頭を下げた。

「多分だが、明後日に上陸の許可がある筈だ。その時だぞ……」

「はい、よく分かっております。なるべく人との接触を避けて奥地に向かいます。ところで、日本の事ですが……どうなりますかね」

「このところニュースを聞いていないが、レーニンは北欧のどこかに隠れ、トロッキーは中米に居て革命の準備をしているそうだ」小野寺は声を潜めて耳打ちをしている。

頷いた菅原は最後の石炭を缶に放り込んだ。パッと赤い火の粉が飛び交い、その奥に燃える炎に、一瞬、悶《もだ》えて灰になっていく姉の姿が浮かんだ。

岩手の寒村から女衒《ぜげん》に買われた姉が東京の歓楽街の娼婦になった。毎月彼女から送られて来る血と涙の仕送りだけが一家の支えだった。その彼女の訃報《ふほう》を受けて東京に行った菅原は姉の火葬を見届けた。優しかった姉は嘘のように小さな壺の中に納まって渇いた音を立てた。東京の町は学生や着飾った女達で溢れ、活気に満ちている。だが、誰一人菅原の姉の悲劇を知らない。誰一人、東北の寒村で飢えながら娘を売り渡す親の涙を知らない。いや、知っていても見て見ぬふりをしているのだ。

そんな日本の現状を菅原は呪い、激しく憎悪しながら希望を社会主義に託すようになっていった。共に飢え、共に戦い、共に幸いを分かち、娘が体を売らなくても生きられる社会の理念をそこに見たからだ。

日本に絶望した菅原は狂ったように外国の思想、文化、文学、音楽に理想を探りながら、特権階級の日本の社会に戦いを挑んだのだ。

横浜の港湾労働者で社会主義運動を進める小野寺は官憲に追われる仲間を匿《かくま》い、逃亡の手引きをする重要なオルグであり、その彼の手引きで菅原は笠戸丸に乗り込んだのだ。

翌日、笠戸丸の甲板に二手に分かれて並んだ移住者の防疫検査が始まった。舷側に沿って行儀よく並んだ移住者の婦人達は、裾の長いドレスに靴を履き白い手袋をしていた。

男達はきちんと三つ揃いのスーツに身を固めてソフトを被っている。外国で馬鹿にされないようにと出港前に整えた身だしなみに農民の影はどこにも見えず、当時のブラジル人は驚き、成程世界一の強国ロシアを破った日本人はさすがに違う……と強烈な印象を受けた。

六月二十日菅原は二日の外泊許可を貰って上陸した。ブラジルの抜けるように晴れた冬の空から降る陽光が石を敷き詰めた道に跳ね返り、その上を馬車と市電が走っていた。

見回す菅原の目に映る高い建物はいずれもカトリックの礼拝堂や教会の屋根だけで、後はペンキを塗り立てた軒の低い家並みが続いていた。

汽車に乗り込んだ。町を抜けてしばらくするとキラキラと青い空を映す湿地を走り、窓外の後ろに流れる、四方に葉を広げたヒョロ長い椰子の樹に菅原は初めて異国を意識し、やっと官憲の追求から逃れた……という安心感に瞼が重くなった。

後もう少しでサンパウロという所で突然汽車が止まった。一瞬ギョッとした菅原も、それが八百メートルの高原に上る為の準備だと知って安心した。列車にケーブルが繋がれ、上の方から引っ張る。石炭と木炭の機関車は黒煙と火の粉を撒き散らしながら牛の歩みのようにゆっくり山道を登りだした。

登るにつれて密林の暗緑色は次第に濃くなり、名も知らぬ熱帯の花が色鮮やかに密林の奥に咲き乱れていた。水が豊富なのか滝が白く落ち、鮮やかな赤い色の野鳥がかすめるとボオーと汽笛が鳴って日本が遠くなった。

菅原はリベルダ通りの歓楽街の一角にあるホテルに部屋をとった。ホテル代は一泊が一ミルと三〇〇レースだ。主がシネーズ（支那人）かと訊ね、ジャポネスだと答えると値段が一〇〇レース下がり、アドミラール・トウゴウを知っているかと聞かれ、もちろんだ……と胸を張ると菅原に握手を求めた主は部屋代を一ミルに負けてくれた。

日本帝国打倒を目的とした革命家の自分が、こんな異国で帝国の恩恵に預かるとは……と菅原に苦笑が湧いた。

それから数週間の間、菅原はポルトガル語の勉強に専念した。先生はホテルの主人だったり宿泊客、近所の八百屋のオカミ、夕暮れからホテルの回りに屯《たむろ》する街娼達だ。

顔馴染みになった彼女達から菅原はカラーリョ（男性器）とかプセダ（女性器）、センベルゴーニャ（恥知らず）等の特別な言葉を習っていた。

すっかり顔馴染になった人の好い街娼は無料でのサービスを申し出たり、中には好男子の菅原に言い寄ってくる女もあった。

人種は雑多で、菅原は生まれて初めて黒人（ネグロ）を見た。彼等は笠戸丸の釜炊きよりも黒く手脚が異様に長かった。顔付きは温和で好感が持てる。

圧倒的に多いのはモレーノ（男）とモレーナ（女）の数百年の混血を繰り返して生まれた褐色のブラジル人だ。だが中には白人と全く変わらない者もいるが、黒人独特の特徴を髪の毛と長い手脚に残している。ムラトやムラタは白と黒の間に生まれた人達のことで、どちらかというと黒人の影響が強い。残る人種はイギリス、ドイツ、イタリアや東欧からの移民だが、比較的新しい彼等に未だ血の交わりは少ない。アジアからはシネーズと呼ばれる支那人だが菅原はサンパウロで一度も見かけた事がなかった。

地球の裏側の日本についての彼等の知識と言えば、ロシアを破ったアジアの国……というだけのものだった。だが、やはりヨーロッパの文化圏にあるブラジルでは文学、芸術、音楽の分野では日本を凌《しの》ぎ、文学青年であった菅原は読めないまでも本を買い求め、オペラ劇場にはなけなしの金をはたいて出かけていた。

次第にポルトガル語に自信が生まれると菅原は仕事を考え始めた。だが、おいそれと新来のジャポネスが就ける仕事はない。手っとり早い仕事と言えば、当時ブラジル政府が力を入れていた農業開発で、労働者の需要は無限にあった。

日本農民の受け入れも政府の国策であり、農園主になる事や、一旗上げて故国に錦を飾りたい夢を持つ移民達との利害は一致していた。だが、やがて日本に戻り、社会運動に復帰して革命を考える菅原にとってのブラジルは、ほとぼりを冷ます時間稼ぎの場所であり、農園主になる夢も大金を掴む夢も最初から捨てていた。

「アッ！」シャワーを浴びに入ったバス・ルームの床に散らばるプリセラの残していった下着やTシャツを目にして浦部は動転した。考えて見れば、プリセラは浦部の下着のままで島の家に帰った筈だ。とすれば、プリセラがここに居た事を親が知らないわけがない。

「こいつはまずい事になったなあ……」と独り言を呟きながら摘み上げたプリセラの下着の、薄く小さい事に浦部はまた驚いた。握ると手の中に納まり、かすかに湿りがある。

丁度その頃、プリセラはサン・ビセンテの、倉庫に窓を開けただけの校舎の教室で学友に囲まれていた。学校と言っても、小学生から中学生の全員が二つの教室に同居し、生徒数は三十人にも満たない。プリセラを囲んでいるのは中学部の四人の女の子だ。男の子はサッカーに狂っている。

「……それじゃアンタはジャポネスだったんだね？」一人の娘が聞いている。

「そうなんだよ。分からないものだね」とプリセラが鼻の頭に小じわを寄せた。

「それでさ、アンタそのエンゾに抱かれたの？」娘たちの頭が一斉にプリセラに向く。

「……どう思う？」プリセラがツンと顎を突き出した。

「未だだよね……」と一人が。そして他の娘が「あっ、やったんだあ……」と声を上げたところで始業ベルが鳴り出した。

船着き場に運ぶ浦部の足は重い。やがて目敏く浦部を認めて船の中に立ち上がるパウロを目にした時、浦部は逃げだしたい衝動に襲われた。

「ボンジア」と挨拶を投げた浦部は「昨夜プリセラが来ましたが、信じて下さい、僕は約束は守りました。本当です」と一気に言葉を続けた。

「もちろん儂はセニョールを信じてますだ。オッカアに捕まったプリセラが白状したらしいんですが、セニョールは可愛がってくれなかったとボヤいていたそうですだ」と笑顔を見せるパウロに浦部は大きく胸を撫でおろした。気持ちに余裕の生まれた浦部が取り出したタバコに火を点けて眺める浜にはカモメが並び、眠そうな波がとろり、とろりと渚を洗っている。この海、荒れる事があるのだろうか？

声高にフランス語を交わしながら観光客の一団がやって来る。

「ヂスクルーペ（失礼）」と言葉を残したパウロが営業に立ち上がり、浦部の頭にスガワラが舞い戻った。

この大地に夢を……？

七月のブラジルは十二月のコーヒー豆の取り入れを前に忙しくなる時期だ。

田舎の駅の前には必ず雑貨屋があり、そこはインフォメーション・センターでもあって商品と同じように大体の地域情報は揃っている。

汽車の来る時刻になると人がぞろぞろ駅に集まる。乗客かと思うとそうではなく、一日に一便しかない汽車を見に集まり、知った顔を見かければお喋りの花を咲かせる。

汽車の姿が見えなくなると人影は消えて赤い埃《ほこり》の舞うゴースト・タウンが生まれる。紙が貴重品のこの国の雑貨屋のオヤジは、わざわざ外に出てくると赤土の上に地図を書いてくれた。「二十キロ位だ。この道は一本しかねえから心配しなさんな」と就職の斡旋もしてくれる。赤土の道は厚いジャングルの中を真っ直に切り開いただけのポコポコ道で、湿った所もあればすでに雑草に被われた場所もあり。信玄袋を肩に担いだ菅原は一張羅の背広を着て目的の農園に向かって歩いた。道は馬車が一台やっと通れる狭いもので、その先にある農園専用のものらしかった。

左右はペローバ、セードロ、イペーと現地の人が呼ぶ大木が生い茂り、空が小さい。静寂が立ちこめ、聞こえるものはツーンと耳許に唸る蚊、そして蒸し暑い。真冬でこの暑さでは、夏になったらどうなるのか……と菅原は思ったが、それでも笠戸丸の機関室を思えば涼しいものだ。

道を幅一メートル程に広がった青い帯が横切っている。立ち止まって目を凝らすと体の十倍もある大きな葉を担いだ、ブラジル語でサウーバと呼ばれる葉切り蟻の大群だ。押し合い、へし合い、中には折角の葉っぱを落として慌てる者、王様に捧げる献上品のように頭の上に恭々しく掲げた蟻がカサコソとかすかな音を立てて動いていた。

思わず「精が出るねえ」と声をかけた菅原は踏みつけないように大股で蟻の帯を跨《また》いだ。

どこからか物音が聞こえ、突然に目の前が明るくなって視界が開けた。菅原が生まれて初めて目にするコーヒー農園だ。右手に赤煉瓦の二階建ての家があり、倉庫のような建物がそれに続いている。

菅原を目にしたブロンドの少年が家に飛び込むと中からライフルを手にした男が出て来て何か叫んだが意味が聞き取れなかった。菅原がそのまま歩を進めると長身のYシャツにネクタイをした男は闇雲にライフルを発射した。バーンと銃声が響いたと同時にジャングルが騒然として一斉に野鳥が飛び立った。夥《おびただ》しい数の野鳥の羽ばたきで空気が揺れている。パカパカパカっと蹄の音が聞こえて三方からリボルバーを構えた男達が現れて菅原を囲んだ。「キエン？（誰だ）」「オンジバ？（どこに行く）」居丈高で傲慢《ごうまん》な態度に菅原は日本の警察を思いだして嫌な気がした。

それでも日当六百レースで一週間の臨時雇いに採用された。菅原の配属されたのは二キロ程先のコーヒー園で、ブラジル人労働者の、屋根だけの貧しい小屋が点々と立ち、素っ裸の子供達が珍しそうに菅原を眺めに寄って来た。

菅原の故郷、岩手の農村も貧しい。だが裸の子供を目にした事はなく、裸足の百姓も居なかった。ここでは大人も子供も裸足の上、袖の千切れたシャツや裾の長さが不揃いの破れたズボンが当たり前のようだ。女はいずれも長いスカートを纏《まと》い、ひっつめた髪の上に鍔《つば》の広い帽子を被っている。ライフルを撃った男は支配人のアドミニスタドール。そして馬で駆けつけた男達が監督のフイスカールだと、田んぼに立つ案山子《かかし》に似た仲間のコロン（労働者）の一人が教えてくれた。

労働者専用の寮か合宿のような物を期待していた菅原は見事に裏切られた。

コロン達は枯れ木や板きれで自分のランショ（小屋）を作るのだ。見よう見真似で枯れ枝を集めて組んだ骨組みにバナナの葉を被せて寝場所を作った。布団がない。コロンの仲間がコーヒーの袋を二つ繋ぎ合わせ、中に砂糖黍やトウモロコシの葉を詰めた布団（コルション）を二つ作り、トタン板の上に並べてくれた。

夕陽が落ちるとこの辺りの気温はぐんと下がり、吐く息まで白くなる。食事も自分でつくらなければならない。困り果てた菅原は二十レースを仲間のコロンに差し出して豆のスープとガリーニヤ（鶏）の羽を食わせて貰った。

骨の髄に沁みる寒さに菅原は眠れない。仕方なく焚火を起こし、コルション（布団）を敷いて横になった。見上げた空の一面に無数の星が瞬いている。何もかも貧しい、だが紫色の夜空を飾る星影だけは豪華を極めていた。

どこかでコルション（布団）の下のトタン板が鳴っている。ペコン、ペコン……そして細い女の声が上がる。それが、きっかけのように、あちらこちらでトタン板が鳴り出した。ペコ、ペコ、ペコン、ペコン…………この環境の中、生きる者たちの慰めは生殖の悦びと豪華な星空しかないのだろう。その空に女達の愉悦の声の輪が次第に広がっていく。

「これだ！　これこそ本当の純粋なオペラなんだ。この自然の悦びはワグナーが百人かかっても書けない。このアリアを歌える歌手はいない……」菅原はじっと耳を澄まして聞き入っていた。

「なんだ未だ仕事してるの？」プール・サイドのテーブルで書き物に忙しい浦部の前に学校帰りのプリセラが三人の女の子を従えて立っている。

「あの……アタシはビクトリアです。セニョールの事はプリセラから聞いているんですが、アタシ……どうしても、自分で直接伺いたい事があるんです」分厚いレンズの眼鏡をかけたビクトリアは両腕を胸の前で祈るように組んで浦部の顔を眺めている。

「いいよ、何でも聞きなさい」浦部は鷹揚に頷いた。

「アタシ……セニョールと同じような年上の男と親しくなって、プリセラちゃんと同じようにその男と寝たんです」

「なんだって？　俺はプリセラと寝た事なんてないよ」浦部は慌てて頭を横に振った。古稀の老人も若いブラジル娘に振り回されている感じだ。

「それは良いんですけど、結婚の約束までしたその人が最近アタシを避けるんですが、本当に結婚してくれるんでしょうか？」

「おいおい、当人でもない俺にそんな事が分かるわけないだろ」

「でもセニョールと同じ位の年の人だから……分かるかと思って……」

「その君の相手は幾つなんだ？」

「四十九才なんです」このビクトリアの言葉にとたんに浦部の、機嫌が良くなった。

「ふーん、親に相談したのかい？」

礼拝堂

「いいえ。ただ、ハッキリしないと後が仕えているんです」ビクトリアの言葉に浦部はバカバカしくなった。ブラジル社会の性倫理の荒廃は腐る程耳にしていた浦部だが、目の前の生真面目な十五才の中学生がすでに体験者だとは俄《にわか》に信じられなかった。

こうして見るとプリセラの積極的な誘いもよく理解出来る。この国の女どもは……と思いながら浦部は、またもパウロとの約束を呪った。

午後遅くなるとサン・ビセンテの町の人通りが多くなり、海岸通りに屋台が並び出した。船着き場にある古い礼拝堂の前にしつらえた祭壇の上には腰に白い布を巻いたキリストの等身大の木像が、がっくり頭を落とした姿で立っている。その前を通る通行人が立ち止まると手で十字を切っていた。村人も今日はいつもとは違うさっぱりした恰好で歩き回っている。

「なんだい今日は？」

「セント・マルチンの日だよ。知らないの？」耶蘇教《やそきょう》の事なんか知るわけがないだろう……と思わず出かけた言葉を呑み込んだ浦部は、雑貨屋にプレゼント用のパウロのサンダルと夫人のドレスを受取ろうとドアを押した。

「ヘイヘイ、ボンジア・セニョール。品物は揃っていますよ。あれ、プリセラちゃんは未だそれを着ているの？　さあさ、今日はお祭りだ、丁度良い可愛いドレスがあるから、ちょっと着てごらんなさい。何、今買わなくてもいいんですよ。あたしが見たいんだ。あっ、思った通りにピッタリだ。可愛いねえセニョール、未来の奥さんの為だ。あたしも思い切って勉強しちゃいますよ……」

なんの事はない、また雑貨屋のオヤジの手にまんまと乗った浦部はプリセラのドレスから革靴、下着からストッキングまで買わされてしまった。

パウロにサンダルを渡すと相好を崩して嬉しがり、そのままプリセラを連れたパウロは島の夫人にドレスを届けに向かった。プリセラから開放された浦部は急いでポサダへととって返した。頭の中にスガワラが渦を巻き始めていたからだ。

部屋に戻った浦部は早速にスガワラの覚書を開いて文字を追った。耳にした事のない場所の名前が次々出て来る。一つ一つを紙に写して事務所のポサダの支配人に尋ねる。

幸いだったのは、大半がサンパウロ州内の地方であり車で走っても六時間以内という事だった。他の観光地に回る予定をキャンセルした浦部は、出来る限りスガワラの足跡を追おうと決心を固めると、地図を引っ張りだして道を辿り始めた。

ドアが鳴ったのは一時間程してだ。顔を覗かせたプリセラの肩越しにパウロと家族全員がにこにこと立っている。「駄目だ、今日は祭日だ」と浦部は地図を仕舞うと、「パウロさん、今夜は腰が抜ける程ピンガを飲みましょうか」と未来における、年下ではあるが義理の父の肩を抱いた。

ブラジルの空は相変わらず、理屈なく晴れ渡っていた。

真新しいパウロのサンダルは歩く度にポコッ、ポコッと音がし、夫人はドレスの広い襟ぐりを気にして襟元を手で押さえている。妹達は浜のカーニバルにでも行ったのか姿は見えなかった。

ステッキを片手に持った浦部は白い麻のスーツにパナマを被り、ブルーの花柄のドレスを着たプリセラと露天を冷やかしながら歩いていた。ドレスに造花をあしらった麦わらの帽子を被ったプリセラは多少大人びて見える。口を開かなければ二十才に見えない事もなかった。

浜の通りの両側に露天が並んでいる。その一つにマカケーニヨと呼ぶポケット・モンキーの店があった。小さな猿はクリクリした可愛い目で客をじっと品定めするように眺め、気に入らないとクルリと後ろを向いて尻を見せる。その尻は日本の猿と違って赤くない。値段は三百ヘアール、米価で十二ドル位だ。

「可愛い……」と足を止めたプリセラの足元の箱に数匹の小ウサギが体に似合わない大きな鼻をひくひくうごめかし、中には箱の縁に手をかけて体を乗り出している奴もいる。瞳は真っ黒で、赤いのは居ない。「クワント・クスト?」浦部が尋ねると、一羽が一、五ヘアール半、二羽なら2ヘアールだと答が返って来た。

抱きあげて頭を撫でていたプリセラが突然ウサギを箱に戻すと足早に歩き出した。

「どうしたんだよ、欲しければ買ってやるのに……」

「駄目なんだ」

「どうして駄目なんだよ?」

「パパイが食べちゃうから駄目なんだよ」これ以上明確な答えはない。

ゼンマイ仕掛けのエテ公が道路を走り出し、車が急ブレーキの音を立てて止まり、顔を赤くした運転手が「気をつけろこのマリコン(おかま)!」と怒鳴る。すると「カラホ(バカ)、しっかり目を開いて走りな!」と片方も負けずに怒鳴り返す。

チャイナ製の時計や陶器を売っている店、その隣ではピンガに酔った正体不明の男がひっくりかえり、そいつの足に野良犬が小便をかけている。

トルテイーガとはブラジル政府禁制の地亀で捕獲してはいけない筈だ。だがどこに行っても亀料理の店はあって繁盛している。捕ってはいけない、だが食べてはいけないという法律はない……というブラジル式法解釈がここでは大手を振ってまかり通っている。

前の方から豹の毛皮で作った帽子を被り、クソ暑い昼下がりの陽光の中を黒いマントを着た黒人が手に長い棒を持って歩いて来る。アッと叫んだプリセラが小声で「目を合わせたら駄目だよ……」と浦部の背中で小さくなっている。

「どうしてなんだ?」怪訝に思った浦部が背中のプリセラに尋ねた。

「あいつ、ブルホというブードゥーの祈祷師だよ。あいつは呪いで人を病気にしたり、魚を取れなくする悪魔みたいな奴なんだ。顔を見たら駄目だよエンゾ」プリセラは眉根を寄せて顔をしかめていた。


言われて見ると、成程不敵な面構えのこの男、人が避けるのを幸いとばかり肩で風を切りながら黒い影を引きずって歩いて来る。

浦部はそのまま男に視線を預けたまま立っていた。男の歩調が落ちて浦部と向かい合う恰好になった。すると男の口がかすかに動き、黒人特有の低い声で「ボンジア（こんにちわ）」と言葉が漏れ、体を横にして浦部の脇をすり抜けていった。

「エンゾ!」プリセラがいつもの顔色を取り戻している。

「なんだ?」

「恐くなかった?」

「恐いって、何がだい?」

「あのブルホだよ。エンゾは恐い物がないの?」そのブルホが振り返った。浦部が軽くステッキを振って会釈を送る、するとブルホが白い歯を見せた。

「……一つだけあるんだ」

「えっ! 何、なにそれ? 教えてえ……」

浦部がプリセラの耳許に口を寄せると「裸のお前に抱きつかれる事さ」

「カラホ! エンゾの馬鹿!」プリセラが手を上げ、浦部が後ろに飛んでセント・マーチンの祭りはピークを迎えようとしていた。


スガワラの覚書に出て来る場所はグアタバラ、フローレンス、イタチバ、サン・ジョアキンにズーモン等がある。いずれも片仮名書きで浦部は苦労したが英語と違って音読のローマ字で見当をつける事は出来た。もちろん、場所の名前も無い所もあるが、大体はサン・パウロ市の北西に伸びる鉄道の沿線が多いようだった。

サン・マーチンの祭りの泥酔で痛む頭を抱えながら、それでも翌日の夜明け前に浦部はサン・ビセンテを後にしてスガワラの跡を追った。浦部は有能なファイターではあったが、実の所、キャベツとレタスの見分けも付かない都会人だ。多少の馴染みがあったとすれば、それは中米やペルーの密林だが、だとしてもコーヒーの樹がどんな物かも知らない。その浦部をそこまで駆り立てたのは同じ日本の血を持つスガワラという男の生涯に強いロマンと共感を覚え、それと同時にスガワラを祖先とし、ひたむきに浦部を慕うプリセラに生まれた情愛だったのだ。

驚いた事に、浦部が訪れたあらゆる農業地帯には日本名の農場があり、ビリチバの市長は日系人、そして州議員にも日系人は少なくない。ただ、今も残る農園は、過去に何度も転売を繰り返してきた為にオリジナルのオーナーや彼等の歴史や消息は探るべくもなかった。

浦部が訪れたある日系の農家には先祖の古い写真があるという。欣喜雀躍、早速捜してもらったが、数年前に訪れた日本の作家に貸したまま、その後音沙汰がないという。

最近の日本人の倫理不在に呆れ、強い憤りを感じたが、今となっては後の祭りで怒りだけが重く心に残った。とは言え、たった二日の強行軍ではあったが、浦部はスガワラの当時の生活を想像できる断片を頭の隅に詰め込んで帰路についた。

時間を惜しんで眠りも取らずの強行軍で帰路を急ぐ浦部の車がサン・ビセンテに近くなると、山や密林は霧に包まれ、村に滑り込んだ時には珍しく雨が降り出した。

送るべき情報の全ては送り尽くしたのか日本からのファックスは入ってなく、ポサダの主人が洗濯物を差し出しながら、プリセラが何度も覗きに来ていたと教えてくれた。

遠く視線を伸ばした先のプリセラの島は、濃い乳白色のスリ硝子のキャンパスに、ボンヤリ灰色の島影を描いている。

雨がひとしきり強くなった。

たった二日の留守だ、だがその二日の間に彼の心の中に定着したプリセラの大きさを浦部は噛み締めていた。無性にプリセラが恋しい。だがそれは男女の恋とは無縁の、ひたすら会いたいという純粋な願望だった。

浦部はポサダの主に道順を教わって学校に車を走らせた。

パッと稲妻が光り、雷鳴が轟き、ゴロンゴロンと余韻が続く。激しくボンネットを叩く雨の音にエンジンの音も打ち消され、やがて狂ったように腕を振るワイパーの向こうに校舎らしい建物が見えて来た。

学校の授業は昼までだ。ダッシュ・ボードの時計は十二時をとっくに過ぎている。

浦部はヘッド・ライトの光の中に目を凝らせたが、雨にかき消されたように人影は全くなく、プリセラはすでに帰ってしまったのではないかと不安が胸に広がる。

校舎の正面の所に、傘を抱えた数人の子供達を迎える人影が見えて浦部はほっと安心した。稲妻の閃光が走ると校舎や果樹園、椰子の木々が暗がりに浮かび上がる。

車を近くに止めて浦部が眺める校舎の扉が左右に大きく開くと、黄色い明かりがさっと漏れ、その中を雨が銀色に光って横に流れた。

小さな子供達が走り出て来ると雨の壁にぶつかったように立ち止まり、浜のカモメのように行儀よく軒下に並んで空を見上げている。

一人の男の子が何か叫びながら雨の中を駆け出すと、何人かの子供が誘われるように続いた。やがてバック・パックを胸に抱えたプリセラが姿を見せた。ピンク色のスエット・シャーツにブルーのショーツを穿いた彼女もカモメの仲間に入って空を見上げている。

浦部がポンとクラクションを鳴らした。一斉に子供達の顔がこっちを向き、プリセラの視線が雨の中の車に止まった。浦部が車を近付けようと動かした途端に気がついたプリセラが何か叫び、子供達を掻き分けて雨の中を走り出して来る。

車に飛び込んだプリセラはバックパックを放り出すと物も言わずに浦部の首を抱えて所嫌わずキスの雨を降らせる。キスの間に「エンゾー」と譫言《うわごと》のように名前を呼んではしがみつく。

車の窓が蒸気で曇りだし、濡れたプリセラの体から汗と雨が微かに匂っていた。

「おいおい、みんな見てるぜ」照れた浦部がプリセラの腕をほどき、アクセルを踏むと、すぐに車は海岸通りの交差点にかかった。左に行けば船着き場、右がポサダだ。

プリセラが浦部の顔を窺《うかが》っている。浦部がゆっくりハンドルを左に回してポサダに向かうのを確かめたプリセラは安心したように深々とシートに体を埋めた。雨足は一層激しく、サン・ビセンテの村は鉛一色に沈んでいる。

寒さに震えながら菅原はまんじりともせず朝を迎えた。

東の空に赤みがさすと、マーナコ、マーナコ、マーナコと奇妙な叫び声がジャングルの奥から聞こえ、次第にその数が増えてマナコ、ガラコ、マナコ、ガラコ、ガラコと騒がしくなる。朝を迎える野鳥の儀式が始まったのだ。

コロン（労務者）の女達は焚火を起こして黙々と炊事の支度をしている。家族のいない菅原のような独身の者達も、てんでに焚火に集まってポソポソ話を交わしている。

昨夜二十レースで夕食をくれたカミさんが、昨夜の残りのスープにパンを添えて菅原に渡してくれたが食欲は一向に湧かない。

未だ暗い六時になると鐘が鳴り、カウボーイそっくりのいでたちの白人のフィスカール（監督）が手に鞭を持って現れ、作業を指示する。

女達はコーヒー畑の下草を引き抜く事と手入れ、そして男はぞろぞろとコーヒー農園の端の密林の中にフォイセ（鎌）や山刀を振るって道を作る。

三十人程の男が三つのグループに分かれ、始めのグループが幅の広い山刀で、絡み合った蔦をばさばさ切り落としながら進んで行く。次のグループがフォイセと呼ぶ鎌を振るって雑草を刈り、最後のグループが蔦や雑草をよこに積みあげて道を作るのだ。

少しでも手を休めるとフイスカール（監督）の鞭が容赦なく激しい音を立てて背中に鳴る過酷な作業だった。

ブラジルの奴隷制度が廃止されて二十年近い、だが、人里離れた緑のジャングルの世界では奴隷制度は未だ生きていたのだ。

第三のグループの菅原の手は、棘や鋭い枝の切り口で出来た傷で血まみれになり、やがて腫《は》れ上がった。すこしでも手を止めるとフイスカールの鞭が飛んで来る。

「おい、手でさらうから傷が出来るんだ。こうして摘むんだ」と見るに見兼ねたコロンの一人が小声で教えてくれた。尋問中の警官のビンタを受ける時は、力を抜いて頭を軽く後ろに下げるんだ。そうすれば耳も守れるし、ビンタの衝撃が半減するんだ……と耳打ちしてくれた日本の同志の顔が頭に浮かぶ。懐かしさがふと頭をよぎった、その途端に鞭が背中に鳴り、鋭い痛みに菅原は呻《うめ》いた。


ジャングルの空は異様に狭い。梢の間から落ちる陽が暗い密林に光の箭《や》を幾つも描き、その間を色鮮やかな蝶が気だるそうに動いている。

山鳩がどこかで鳴いていた。

ホー、カズオ、ホー、カズオ、カズオ、カズオ……と聞こえる山鳩の鳴き声が、いつの間にか故郷の母の呼び声に変わって、思わず目頭が熱くなる。

ぴーっと笛が鳴りフイスカールの声が静寂を破る。「いつまで座ってるんだ野郎共！　休憩は終わりだ。後一キロも残ってるんだ！」そして鞭が鳴り、男達が立ち上がった。

残り少ない気力を振り絞って立ち上がる菅原に昨夜の星空が待たれた。

濡れたスエット・シャーツをポサダのハンガーに吊したプリセラがタオルを胸に巻いてベッドに腰を降ろしている。

その窓の向こうに、いつもは見える島もカモメも今日は見えない。

濡れた髪の毛を額に張りつかせたままのプリセラは、いつもと違う様子で今日は静かにきちんと膝頭を合わせてデスクの浦部の横顔を先刻からじっと眺めている。

「どうしたんだい？」浦部はペンを放り出すとプリセラに顔を向けた。

「……なんでもないよ」

「今日は随分おとなしいじゃないか、何かあったのか？」

「……うん、まあ……」

「？　話してごらん」浦部がプリセラの隣に腰をおろすと待っていたように体を擦り寄せ、頭を肩にもたせた。

「エンゾ……」

「なんだよ、何があったんだ？　はやく話しなよ。良い事か、悪い事かな？」

浦部は言いながら彼女の細い肩を抱いた。

プリセラは浦部のくゆらすタバコの煙を目で追いながら、小さな唇を動かした。

「プリセラは地獄にいたんだ」

「地獄？」

「うん、そうだよ……地獄だった。お腹も減らないし、眠れなかったんだよ」俯《うつむ》いた少女の睫《まつげ》がピクピク動いている。

「…………」プリセラの細い指が痛い程浦部の指を掴んでいる。

「朝、学校の前にここに来たんだ。学校が終わるとまた来て見たよ。そして入口の所で待っていたんだ。親切なここのオジサンが事務所に入れてくれたんだよ」

「そうかあ。でも俺もしなければならない事があったんだよ。だけどな、俺もお前の事をずーっと考えていたんだ。だから急いで戻って来たんだ」

「ホント？」

「嘘じゃない、本当だ。俺はプリセラを本当に愛してるんだよ」

「よかったあ、プリセラはエンゾがもう帰って来ないのじゃないかと思ったんだ。でも、ここのオジサンが、必ず帰るって慰めてくれたんだよ。オジサン良い人だよ」

「バカだなあプリセラ。帰って来るって約束したの忘れたのか？」

「パパイも心配してたよ。双眼鏡出して来て、この部屋を島から見てたよ。アタイも、この部屋に電気が点くんじゃないかと思ってパパイと替わり番こで眺めていたんだけど……、エンゾがアメリカに帰ったら、アタイはどうなるんだよ……」

「俺は直ぐに戻って来るさ。すこし時間はかかるかも知れないが、俺は必ずお前の所に戻って来る。そしたら二度とお前を一人にはしないよ」

安心がプリセラの眠気を誘ったのだろうか、仰向けに浦部の腕を枕に横になった彼女の口からすぐに健康な寝息が漏れだし、浦部もいつの間に睡魔の手に堕ちて行った。

マ、マーナコ、マーナコ、マナコ、マナコ……早起きの野鳥がもう鳴き始めている。
寒さはともかく、菅原は一睡も出来なかった。体中がムズ痒く、その上に体の節々が痛くて寝返りも出来なかったのだ。体を動かすのも苦痛の今、就労の鐘が鳴ったらどうしようかと菅原は寝ころんだままボンヤリ考えていた。

空に輝く豪華な星の瞬きが、忍び寄る朝の黎明《れいめい》に次第に光を失い消えていく。マーナコ、マーナコ、マナコ、マナコ、ナコナコナコ……とジャングルが騒がしい。

見上げる空に黒い影がゆっくり輪を描いている。南米名物のウルブと呼ばれる禿鷹の一種で、死臭を嗅ぎつけて集まる不吉な鳥だ。

「冗談じゃない、俺はここでお前達の餌食にはなれない重大な任務があるんだ」と独り言を呟いて体を起こした菅原の目に映った辺りの景色は昨日と違っている。

六時を過ぎても鐘は鳴らず、仲間のコロン達の大半は眠っているようだ。

「あっ、今日は日曜日だ!」と気がついた菅原はコルションの上にひっくり返った。

陽が高くなると群青の空から温もりが降って来る。冷えた体の節々が生き返るようだ。子供たちも今朝はこざっぱりした服を着て、中には靴を穿《は》いている少女も居る。髪を結ったり、下ろしたりのオカミさんもこの日はドレスを着て、ちょっと澄ました顔付でおしゃべりに忙しいようだ。男達は朝からピンガを飲んでいる者もあれば、着古した背広のポケットに手を突っ込んでタバコをふかす伊達男もいた。

菅原の体がムズムズしている。ふと目を落としたズボンに糠《ぬか》をこすりつけたようなシミがある。目を凝《こ》らすと何千というダニがうごめいていた。

「ワーッ、わー！」と叫ぶと、菅原は見当をつけて置いた川に向かって走り出し、子供達がワーッ、ワーッと菅原の真似をしながら後を追って行く。

ピラニヤや鰐の恐怖よりもダニの方が不気味だ。

奇声を残してドブーンと菅原は着たまま川に飛び込み、洗濯に忙しいオカミさん達をびっくりさせた。

「どうしたんだい？」女の声が飛んでくる。

「パラシト（虫）だよ、沢山俺にくっついてるんだ。助けてくれ〜！」

革命の戦士を自負する菅原も水の中ではもがきながら哀れな悲鳴をあげるただの男だった。

「そのまま、じっとしてればダニは死んでしまうんだよ。刺された所は後でケロシナ（石油）で拭きなよ、なあに直ぐに治るさ」

「うわわわわ……」人目を憚《はばか》る余裕もない菅原は川の中で裸になると夢中で着ていた物を擦り合わせ、オカミさん達は洗濯の手を休めて、時ならぬジャポネスのヌードを楽しんでいた。

双子の娘二人と一緒に雨の中から家に駆け込んで来たパウロに妻のアイーダが声をかけた。

「あら、プリセラは？」

強い風に島の木々が揺れ、まるで島全体が動いているようだ。

パウロに替わって「エンゾが迎えに来た」と双子が声を揃えて母親に返事をした。

「そう、やっぱり戻って来たんだね。プリセラも安心したろうね」母親は呟きながら雨に煙る浜に視線を伸ばした。

「プリセラも辛かったろうが、これで儂は三晩も眠れなかったものな」パウロは椅子に深く腰を下ろすとタバコを旨そうに吸い込み鉛色の海を眺めている。

「アンタ、コーヒーにする、それともピンガ？」

「ピンガだよ、こんな日はピンガに限るよ」

「はいよ、お前さん」とピンガをなみなみとグラスに注いだアイーダはそのままパウロの隣に腰を下ろすと雨の向こうの見えない浜に目をやっている。

「アンタ、あの娘《こ》、今夜は帰って来ないいんじゃないだろうか？」母親の顔だ。

「……たぶん、来ねえだろうなあ」パウロはグラスの中の氷を鳴らした。

「アンタ、それで良いのかい？」母親の顔でパウロの横顔に言う。

「仕方ねえだろう。犬っころなら首輪も付けられるけど、もう直ぐ十六になる娘じゃ、そう言う訳にもいかねえだろうが」

「まあね……そう言えば長女のエリカの相手もジャポネスだったし、なんとか旨くいってるみたいだねアンタ」アイーダは暗い天井に長女の顔を描いている。

「そうだったな。早く孫の顔を見せて貰いたいもんだ。なあママイ？」

「ホントだねえ……でも、お前さん……」

「なんだ？」

「ねえ、四十そこそこでオバアさんになるのは、少し早過ぎないかい？　アタシはもうすこしアンタに可愛がって貰いたいような気がするけど……」と目を流して笑った。

「バカ、孫が出来たって可愛がる時は可愛がるだろうが」

風がひとしきり唸って屋根が鳴り、石油ランプの炎が揺れている。

ふとパウロは、浦部に抱かれている娘のプリセラの姿が頭に浮かんだ。すると祝福には遠い、むしろ嫉妬に似た感情と寂しさが胸にわいた。

「おいママイ！」

「なんだいお前さん……？」

「今夜はプリセラも居ねえ事だし、早く寝ようか？」パウロはピンガを一気に飲み干すと音を立ててテーブルに置き、残った氷がグラスの中で回った。

「あいよ、お前さん。それじゃ体を洗って来るから待っててておくれ」嬉しそうに言い残したアイーダが外の雨の中へ消えていく。

「パパイ、雨が漏って来たよう！」双子の声が上がった。見ると屋根の端から滴《したた》る雨水が壁を伝い、土間に水溜まりを作っていた。

「心配するな、明日の朝に直すから。それよりも、お前達は早く寝ないか！」

「えっ！　パパーイ、未だ七時になったばかりだよ」不平を鳴らす双子の娘の向こうの浜は暗く、風が唸り海がしきりに鳴っている。

プリセラは身動きもしないで、じっと自分の胸を見つめていた。パパイの節くれだった手と違う浦部の手がさっきからプリセラの胸を掬《すく》うように掴んでいる。

プリセラの背中にぴったり体を寄せ、自分を抱きすくめている浦部が、起きているのかと思うとそうではなく、余程疲れているのか時折野獣のような鼾《いびき》を立てて正体なく眠りこんでいるのだ。

その癖、手だけは別の生き物のようにプリセラの胸に張りついている。

同じ両親の姿をプリセラは数え切れないほど目にしていた。そして何時も白い幸福に酔っているような母親の表情を不思議に思っていた。

本当なんだ！　アタイも今、きっと、あのママイのような顔をしているのだろうとプリセラは浦部の腕の中で自分を想像していた。
ウ、ウーンと背中の浦部が唸り、手の指がプリセラの痛いように飛び出した乳首をかすめると、鋭い喜悦に体がピクっと跳ねてしまう。少女は目を閉じた。
お尻の所に浦部の固さが触れていた。経験者である学校の友達や先輩から何度も耳にしているのでプリセラはそれが何かを知っている。

意識するプリセラの体の奥に、ぽっと火が点り、次第に体中に広がっていく。

「いよいよ……」と首を回した目の先の浦部は、相変わらずシャツとズボンを身に着け、規則正しい鼾を掻きながら正体なく眠りこけている。

「なんだ……」はぐらかされたような気になったプリセラは、浦部の手をとると自分の胸に当てがい、指先で乳首を擽《くすぐ》ってみた。「アッ！」予期しなかった喜悦にプリセラは思わず声を漏らし、浦部の鼾が止まった。

雨が窓に鳴り、夜が訪れたように部屋は暗い。

プリセラは体を起こすとショーツと下着を一緒にずらせ、最後の足を抜いた時、濡れている自分を意識した。

仰向けに向きを変えた浦部の膨《ふく》らみが窮屈そうに輪郭だけをズボンの下に描いている。プリセラはママイがするように手を添えて軽く愛撫を始め、一方の手をズボンのベルトに伸ばした時だ。

閃光が窓の外に光り、まるで空が割れるような音が鳴って近くに雷が落ちた。

「キャッ！」悲鳴を上げたプリセラが浦部に夢中でしがみつき、浦部が目を開いた。

「エンゾー、恐いよ！」しがみついたプリセラを抱えたまま、浦部は体をくるりと一転させるとプリセラを守るように幅の広い背中で覆った。

稲妻の光に浮かぶ浦部の顔が歪《ゆが》み、ずっしりと重い男の体重に息が詰まる。だが、決して苦痛ではなく、プリセラにとってのそれは始めて知る恋の序曲だったのだ。

プリセラの顔の上に荒い息をした浦部の浅黒い顔がある。プリセラは浦部のシャツのボタンを一つ一つ丁寧に外すと浦部は黙って腕を抜き、やがて口を合わせた。

浦部の唇がプリセラの首筋から次第に下に滑り、やがて乳首が吸い込まれた途端にプリセラは浦部の首を両腕で抱え、頭をのけぞらせ、声を挙げて弾けた。

幼いプリセラ、だが彼女の小さな頭に自分の十五年の命がこの瞬間の為にあったように思え、一瞬一秒を貴重な宝石のように心に詰め込もうとしていた。

ブードゥーの祈祷師も恐れず、いつも威厳を纏《まと》った浦部が今、赤子のようにアタシにしがみつき、まるでクリーム・パフェを舐めるようにアタシの胸に遊んでいる。その思いはプリセラの母性本能と、女の性を目醒めさせるに充分だった。

やがて浦部が体を起こした。

こういう時のママイはいつも膝を開くのが常だった。ドキドキと鳴る心臓を手で押さえながらプリセラも見よう見まねで軽く立てた膝をゆっくり左右に開いた。

時が流れていく。だがプリセラの目に飛び込んだのは期待に反した光景だった。

〔男って狂ったように押し込んで来るんだよ……〕と聞いていた同級生の話とは違う。

また、プリセラが知っている両親の営みとも、まるで違う光景にプリセラは動転した。

ほんの少し前までの狂気が嘘のように浦部はベッドの端でタバコを吹かしているのだ。

「どうしたの、どこか悪いのかい?」半身を起こしたプリセラが声をかけた。

「……」力なく頭を垂れた浦部が黒い影のように座っている。

「エンゾ、何か言っておくれよ……アタシ怖いよう」プリセラは体を起こすと浦部の両脇から腕をまわして分厚い胸を抱きかかえた。

浦部の胸が大きく上下している。

「ねえ、どうしたんだよ。プリセラが嫌いになったの?」顔を背中に押しつけるとプリセラは浦部を揺すった。

「……俺はお前が大人になるまで、お前を抱かない約束をパウロさんとしたんだ」

「変なの。だって……もう何回も抱いたじゃないか」

「待て待てプリセラ、そういう抱き方じゃなくて……」浦部は言い淀んだ。

「そうかあ。わかったよ!」と言うなりプリセラは、いきなり浦部の物を掴んだ。

「うっ!」浦部が呻《うめ》き「何をするんだ!」と顔を起こした。

「これを……プリセラのお腹の中に、入れない……って約束なんだろ……そうだね？」

浦部は苦しそうに無言で頷き、プリセラの手を解こうとした。

「エンゾ、黙って……」プリセラは浦部の体を後ろに押し倒すと体を屈めて座り、口に含もうとする。

「あっ！　プリセラ……な何をするんだ？」

「黙ってエンゾ。お腹に入れなければいいんだろ」プリセラは言葉の終わらない内に、もう口に含んでいる。

「やめろ、プリセラやめろ！」浦部の口から悲鳴が上がる。

「やめろ……プリセラ……」浦部の悲鳴が呟きに代わり、やがて、それが荒い息になると浦部はプリセラの頭を掴んで呻き、野獣のように唸りながら果ててしまった。

浦部の荒い息遣いが暗い天井に跳ねて落ちて来る。しかしプリセラには浦部が見せたような高ぶりはなかった。だが浦部を自分の中に納めた……という意識はプリセラの大きな満足感を誘い、少女は浦部を嚥《の》み下した。

バスルームから戻ってきたプリセラは顔をしかめ「不味《まず》かったあ……」と言うなりどしんと浦部の傍らに寝そべった。蒸気に曇った窓硝子に水が跡を引いて流れている。

「エンゾ、もうあたし達は夫婦だね」プリセラは、長い脚を浦部に搦《から》めて笑っている。

「そうだね、心の中ではお前は前から俺のセニョーラだったけど、今はお前のこの体は、全部もう俺のものだ」欲望が去った後の浦部にプリセラへの新しい愛情が湧いている。

「なら、他の女と寝たら駄目だよ」

「お前だって駄目だぞ。ところでお前はどこであんな事を覚えたんだ。それとも両親のアモールの見学か？」

「そうだよ」けろりと頷いたプリセラは浦部の手をとって自分の下腹に運び「パパイは手でもママイを可愛がるんだよ」と女の目で誘う。

「よし、こうかいプリセラ！」浦部はプリセラの胸を遊びながら充分に湿りのあるプリセラの秘部に手を伸ばした。未だ脂肪の乗らない内股の白さが幼い。

「エンゾ、エンゾー……」と喘ぎ悶える毎に少女が一歩一歩女になっていく。「あっ、あっ、エンゾー、ああ……」プリセラは少女から女への縁を一気に飛び越えた。


ダニは嘘のように水に死んだ。コロンのオカミサンに教わった通りに石油ランプのケロシナで体を拭うと微かな痛みが起こるが、やがて痛みは痒みを連れて消えていった。

コーヒーの樹に萌えだした青白い可憐な花が香しい匂いを撒き散らし、群青の晴れ渡った空の下、コロニア（農園）は美しい。

二日目というのに菅原には、もうアミーゴ（友達）が出来ていた。生来の彼の人なつこい性格は、言葉は不自由でも人を惹きつける。

三角に組んだ枯れ木の柱に横棒を一本渡し、そこに大きなバナナの葉を被せれば立派なランショ（小屋）だ。地面にトタン板を置き、その上に枯れ葉や草を詰め込んだコルションを敷いて一丁あがりだ。アミーゴの一人が手伝ってくれる。すると眺めていた別の男が何かと口を挟《はさ》み、また別の男がそこに割り込んで、見る見る小屋が出来てしまったというわけだ。

ペドロというアミーゴと連れ立ってやって来た所は、昨日ライフルを撃たれた場所で、ブランコに乗った少年も白いスーツの紳士も、家も、昨日菅原が目にしたものだ。

コロン達は帽子をとってお辞儀をしている。

昨日と違うのはプラザに幾つかの行商の馬車が停まり、食料品や簡単な生活用品を並べている。その回りに幾つかのセクションに分かれたコロン達が群がってそれぞれの買い物に忙しいようだ。

ペドロはピンガを買うと大事そうに抱え「今夜飲もうぜ」顔をほころばせた。

コロンの子供達がエゲレスの少年の乗る自転車を羨ましそうに眺めている。だが、白人の少年や両親達にとってコロンの姿は、全く目に入っていないようだ。ここでは二つの階級しかない。支配する者とされる者なのだ。

芝生の上には白人少年や妹達の玩具が散乱している。だがコロンの子供達には遊ぶ物は何もなく、学校すらなかった。菅原は小型のナイフと鉈、鋸と錐を行商人から買うと足早にコロニアに戻った。

ジャングルの中には日本の竹に似た植物が無数に生えている。菅原はペドロに頼んで一本切り倒して貰うと手ぎわよく竹トンボを作った。

一号機が勢いよく群青の空に舞い上がると、コロン達の拍手と歓声が上がり子供達が追いかけた。

「コモセ、シャーマ（これは何て言うんだ）？」ペドロはすっかり竹トンボの虜《とりこ》になっている。

「エステ・トンボだよ。ト・ン・ボ！」トンボか……、嬉しそうに笑ったペドロが手で回しながら弾みをつけて空に向かって放つ。トンボは勢いよくグングン上っていく。

比較的手先の器用なペドロも見よう見まねで作る、だが、羽の角度の工夫が分からない為に一見同じようであるがうまく飛ばない。

ペドロが飛ばすと子供達が笑いこける。そうだ、この笑い声がここには必要なんだ。

菅原は腫れ上がった手の痛みを堪《こら》えて竹トンボをせっせと作っては子供達に渡す。

次いで竹笛を作った。穴が大きすぎたのか竹笛は悲しい音で鳴った。

菅原は穴を工夫して色々な音を出すようにした。

今度はペドロの笛もうまく鳴る。目尻を下げたペドロがピーコ、プーコ、ピッピッとリズムをとると回りの子供達が跳ねている。

菅原は胸いっぱいにブラジルの空気を吸い込み、「ここも悪くないな……」と呟いた。

また絢爛《けんらん》たる星が夜空を飾っている。何回見ても飽きない美しさだ。

ジジジジと燃える石油ランプの側で菅原は血を流しながら竹トンボを作り竹笛を削っていた。そうしている事が彼の資本主義への新しい挑戦に思えていたからだ。

「セニョール、今作っているのは僕の?」黒いムラトの少年が手元を覗いている。

「残念だな、こいつはあの子のだよ。君のはこの次に作るヤツだ」少年は黒い顔に真白い歯を見せてにっと笑った。

「おじさん、アタイの笛が鳴らなくなったよ」裸足の少女が走って来た。

「どら見せてごらん。なんだ、唾が溜まりすぎたんだよ。こうすれば直る」菅原は笛を振って唾液を切り、少女に渡した。

「オブリガード!」少女は菅原の頬に小さな接吻を残すと、闇の中へスキップしながら消え、やがてピッ、ポーと笛の音が流れて来る。その笛の音が黄昏《たそがれ》を呼ぶのか、ジャングルの中から闇が漂い始めた。

気温がぐんぐん下がる。七月のブラジルは真冬なのだ。

「少ないけど……食べねえか?」「食べ残しで悪いんだけど……」竹トンボや笛を貰った子供の親達が礼にやって来る。

子供達の為に手の痛みに堪えた菅原の気持ちは、すでに知れ渡っている。

「いやー、オブリガード、なんだか悪いなあ……」

「なにを言ってんだよ。こう言う所じゃねお前さん、助け合わなければ生きちゃいけないんだよ。ほら、明日からまた地獄の作業だ、ダニに気をつけなよ」親切なオカミは明日の昼飯のダンゴを置いていく。

「おい、新入り！　その手じゃ仕事にならねえよ。ほら、この手袋をしなってば」まるで鬼のような大男がぽんと手袋を投げて足早に立ち去った。

焚火の明かりに次から次ぎへと善意の人が現れては闇の中に消えていく。その向こうから菅原の作った竹笛が鳴っている。

ピッピッポー、こっちではポーポーポー、ジャングルの陰からピポー、ピポー、そしてピンガの笑い声が星空に吸い込まれていく。

焚火の光にかざして菅原は覚書に次のように記している。

〔一九〇九年七月末、資本主義の白豚をミル。夜空の美しきは格別にして、美しき星の元に生きる者達の心もまた星のごとくナリ。竹細工好評を得る〕

ブラジルの雨は執拗《しつよう》に降っていた。

夕食に取り寄せたピザも湿っていた。

軽く伸びをした浦部はペンを置くとベッドの上のプリセラに目をやった。先刻、垣間《かいま》見せた女

A ESTA TERRA
この大地に夢を

この大地に夢を

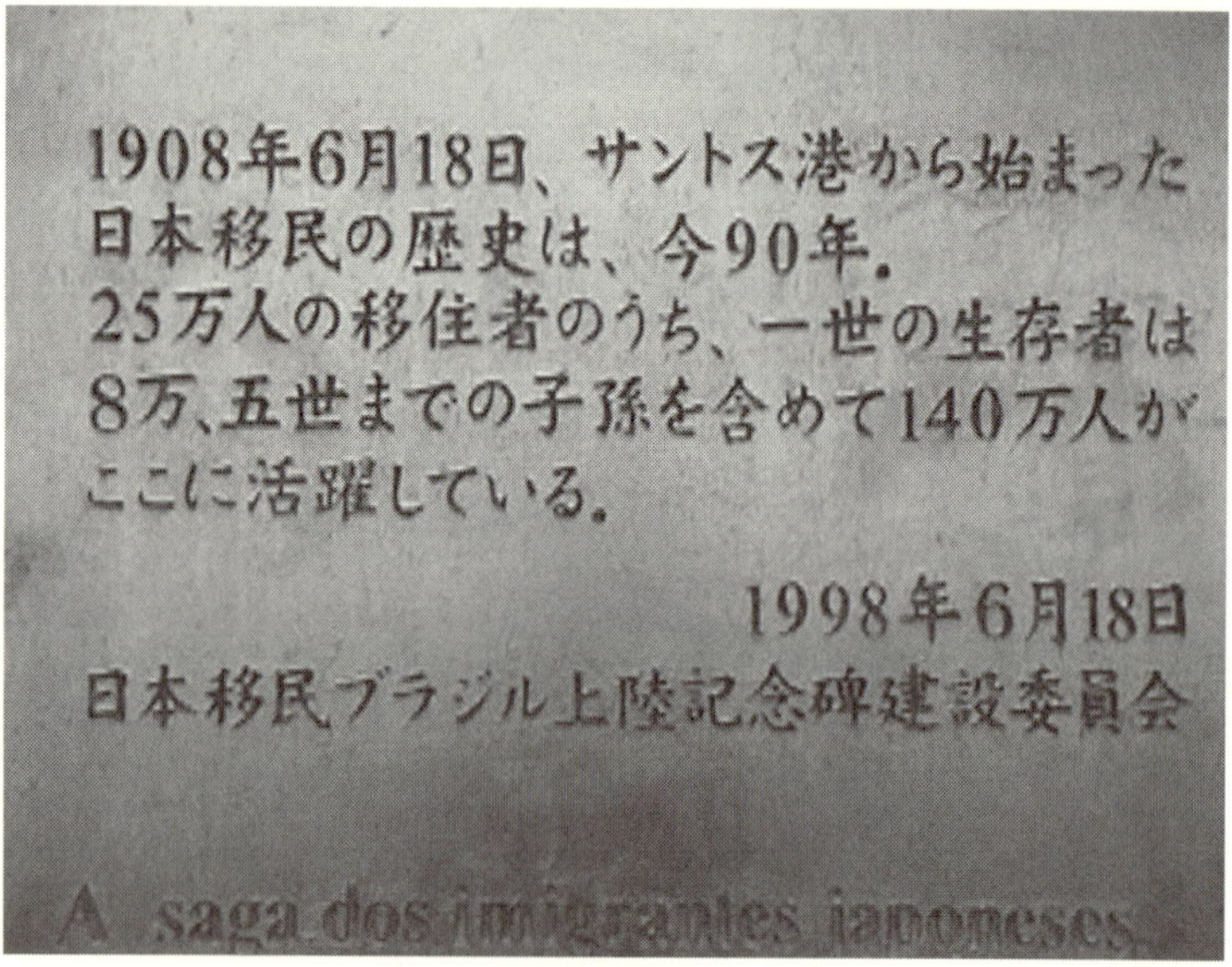
1908年6月18日、サントス港から始まった
日本移民の歴史は、今90年。
25万人の移住者のうち、一世の生存者は
8万、五世までの子孫を含めて140万人が
ここに活躍している。
1998年6月18日
日本移民ブラジル上陸記念碑建設委員会
A saga dos imigrantes japoneses

上陸記念碑

は影をひそめ、寝顔は幼い少女だ。

この娘《こ》と俺は第二の人生をここから始めようとしている。いや、もう始まっているのかも知れない。すると先日サントスの浜で見上げた移民の銅像が頭に浮かび、この大地に夢を……の碑銘が目の中に広がっていく。

〔この大地に夢を〕か……。ところで、スガワラの夢は叶ったのだろうか？　再びペンを手に、思いつめた浦部の顔、外は雨に煙っていた。

サウーバの森

一九〇九年十月と言えば日本では秋だ、だがブラジルは夏になろうとしている。

菅原がコロニア（農園）に入ってから足掛け3ヶ月となった今、菅原の生活環境はすっかり変わっていた。

他の日本人の入植者と違い、菅原には最初《はな》から大金を掴んで故郷に錦……という考えもなければ、やがて大農園主になろうなんて夢もない。日本の官憲の目を逃れ、しばらく地球の裏側のこのブラジルに身を潜め、時期を見て日本に帰り社会社義運動を進めるのが二十三才の彼の夢だった。しかしその熱血の青年菅原がコロニア（農園）に入って身近に、パトロン（農園主）と呼ばれる搾取《さくしゅ》階級とコロノ（農業労働者）を目にしたことで、彼は理想の実践をそこから進める決心をした。


「僕が最初にここに来た時、ひもじい僕に食べ物をくれた人がいた。作業に苦しむ僕にコツを教え、手を貸してくれた人も少なくなかった。その一方で、雨風もしのげない小屋に住む我々を、鞭で追い立てる人もいるんだ。もし生まれ変わる事ができるのなら、アンタ達は今と同じコロノになりたいか、それともパトロンになりたいか？」

「そりゃ、パトロンの方がいいに決まってらぁ」

「どうしてパトロンの方がいいんだ？」

「だって、旨えもの食って……大体、働かなくてもいいんだものな」

「パトロンだったら、子供を学校にやれる……」

「病気になった時、パトロンならドクターも来てくれるけど……今じゃねえ……」

「待ってくれ、我々だってドクターに来て貰えるんだ。我々だってもう少し良い環境に住めるんだよ。今、我々に必要なのは、皆の結束なんだ。丁度、飢えて死にそうな僕に食べ物をくれたように、手を貸し合う事なんだ。一人の人間の力は一人でしかない。だが、我々が結束したら大きな力になるじゃないか。ロドリゲスさんが一人で小屋を直しているが、僕達が手を貸したら二時間でできる筈だ。考えて下さいよ、僕の持っている物は皆の物なんだよ。例えばトンボや笛、竹馬のおもちゃも、子供達に喜んで貰いたいから作っているんです。助け合う事なんです……」

菅原の言葉に人々は動いた。数日の内にコロノ達の掘っ建て小屋は屋根と壁を持ち、赤土の花壇の回りに鶏が走り回るようになった。集会所が建てられ、そこで菅原は月遅れで行商人から届く新聞を読んで聞かせ、子供には文字を習わせた。その集会所は竹細工の工場であり、またコーヒーの収穫期になると共同炊事場となった。

菅原のトンボは人気があった。作ったトンボや笛は行商人に卸され生産が追いつかない程の注文があったが、菅原は得た金をすべて共同管理としてコロノ達の為にプールした。

福祉、共同などという言葉も意味もコロノ達は知らない、だが、自分は一人ではないという安心感と信頼感に次第に第四コロニアは変わっていった。

野生のコーヒーの樹は六メートルを超えるものもあるが、農園で植樹されたコーヒーの樹木は四メートル弱だ。碁盤の目のように整然と植えられ、垂れ下がる枝に青黒い葉と赤い実をつけて獲り入れを迎える。

熱帯のこの辺りはすぐに雑草が伸びるので手入れは主に草の下取りだ。獲り入れは、下にキャンバスやゴザを敷き、その上に赤い実を手でしごき落とす。

落ちた実は一〇〇リットルの麻袋に詰めて乾燥場へ送られる。

落とした実には草や葉、埃や赤土が混じっている為、ペネイラと呼ぶ直径八〇センチ程の、底に金網を張った丸い篩《ふるい》で実だけを選ぶ。二、三度ペネイラを前後に動かして土を落とし、風向きを計って「ヨイショ」と空中に実を投げ上げる。すると風が葉や土埃を横に吹き飛ばして実だけが吸い込まれるようにペネイラに落ちて来る仕掛けだ。

刈り入れ時のコーヒー農園にはペネイラから上る赤い埃の筋がどこにでも見られる。

アドミニスタドール（総支配人）のＪ・モリソンは白い乗馬服に磨き上げた長い乗馬用のブーツでコーターの馬にまたがり第四コロニアに着いた。

一瞬、他のコロニアに迷い込んだような錯覚を覚えたが、見渡す地形もコーヒーの並び方も間違いなく第四コロニアだった。

骨組みにバナナの葉をふいただけの小屋が、今は板張りの小屋となってジャングルの端に軒を並べ、中には倉庫のような大きな建物もある。

プラザには花が植えられ、近寄って見ると池まであった。

モリソンは首を傾《かし》げた。そもそも幾つかあるコロニアの中で、第四コロニアはブラジル人の流れ者の労務者とその家族だけを集めた生産性の低い農場だったからだ。

同じコロニアでもイタリア人やドイツ人の農園は秩序があった……。だが、文字も読めないブラジルの農民が……と思うと不気味な気がして良く肥えた鶏を目で追った。

丁度その時、大きな建物の中から子供の声が聞こえてモリソンは馬を駆った。

中には数人の子供達が黒板に書いた字を声をあげて読んでいる。

子供達が振り向いた。だが白人のモリソンに目を伏せる子供はいない、それどころか手を振って笑いかける子供もあってモリソンは自尊心をいたく傷つけられた。

「キエン（誰だ）お前は？」傲然《ごうぜん》と胸を張ったモリソンは色の黒いモレノの男に声を投げながら、はてどこかであった顔……？と胸の中で考えた。

「トンボです」

「私は支配人のモリソンだ……」威厳を込めてモリソンは言うとタバコをくわえた。

開拓村

「ええ、よく知っています。僕にライフルを撃った方ですから、忘れませんよ」口で笑いながら氷のような冷たい目がモリソンを見つめている。

「刈り入れの忙しい最中に、お前はここで一体何をしているんだね？」

「見てわかりませんか？　勉強ですが……」

「誰が許可したんだ？」

「天にまします、貴方や私達の神様です。アーメン」

そして子供たちが声を揃えてアーメンと手を組んで空を仰いだ。

第四コロニアの農民は収穫高による労務契約ではなく、十二時間の労働に対しての賃金が支払われる雇用契約であり、八才以上の子供も労働力とみなしていた。

その労働力が、コロニアでは必要のない学習に時間を割き、しかも労務者のトンボがコーヒー畑に出ていない事がモリソンの癇《かん》に触った。

これは監督（フイスカール）の責任である。

モリソンは馬首を回すと一目散に第四コロニアの南の外れのコーヒー畑に馬を走らせた。

近付くにつれてジャングルの向こうから賑やかな歌声に混じって笛や太鼓の音まで聞こえ、彼の怒りは頂点に達しょうとしていた。

着いてみると、広げたキャンバスの上に数人のコロノが寝そべり、ドラムを叩き笛を吹いている。

その傍らのフイスカールの腰にはリボルバー（拳銃）も無ければ、手には鞭もない。

モリソンは冷たい声で「ジェームス君、説明をお願いしようか」と怒りを押さえて詰め寄った。

側のコロノはちょっと顔を上げて会釈をしただけだ。

「説明……とは、一体なんの……？」ジェームスは怪訝な顔だ。

「これでは収穫にならん。こいつらを働かす義務が君にはある筈だが……」顔を真っ赤にして怒りを隠さないモリソンに監督は手を上げて指さした。その先にはコーヒーの実一〇〇リットル入りの麻袋が整然と山に積まれている。

「！？……」

一本の樹に数人が取りつき実を落としている。待ちかまえているグループが手早くキャンバスを手繰る。待っていた女達が新しいキャンバスを敷きその上に実が雨のように降ってくる。キャンバスに包まれた赤い実はシャベルで男達のペネイラに移され、そいつを、待ちかまえた屈強な男達が歌声と共に空に投げる。こぼれた実は子供や女達が先を争って拾い上げ、袋に詰める。目方を計る者、袋の口を閉じる者……と全ての労務分担を決めた流れ作業でコーヒーの袋の山がみるみる高くなっていく。

モリソンは信じられない思いで眺めていた。

「ジェームス君、早いところ馬車を呼んで乾燥させなければ駄目じゃないか。いや、待ちたまえ、儂が呼んで来よう！！」一目散に馬を駆るモリソンの後をコロノ達の明るい歌声が追い、今日もブラジルの空は紺碧に晴れ渡っている。その空の下、馬を駆りながらモリソンは〔一体何が第四コロニアに起きたんだろう……〕としきりに考えていた。

馬車の手配を済ませたモリソンが自宅に戻ると息子がコロノの子供と竹馬に乗ってはしゃいでいる。「パパ、お帰りなさい」とモリソンを迎えた娘の手には竹笛があった。

書斎のデスクに向かってもモリソンは自分の目で見た奇跡を信じられなかった。

「そうだ！　あの青年だ。彼に違いない。あの学校で会った時の彼の目の光は尋常のコロノのものではなかった。理想に燃えるあの目の男の目的は何だろう？　あのトンボと名乗った男は、このコロニアの敵か味方か……？」物想いに沈むモリソンの耳にトンボの竹笛が聞こえて来る。たどたどしい調べは、よく聞くとモリソンの故郷のスコットランドの民謡だった。

ベッドの上、下着一枚だけの姿のプリセラは、時にはまるでバレリーナのように手をかざし、また脚を伸ばしたり縮めたりしながら眠っている。浦部が風邪をひかないように掛ける毛布も五分ともたない寝相の悪さだ。

〔しょうがない娘だ……〕と独り言を呟く浦部はデスクのスガワラの覚書とベッドの間を何度も往復を繰り返し、その内に睡魔に襲われてベッドに潜りこんだのは夜明けが近い頃だった。

明るいプリセラの笑い声に目を覚ました浦部の目に、悪戯っぽい目で笑うプリセラの顔が飛び込んできた。

「なんだお早う、プリセラ。もう起きてたのかい？」

「うん、さっきから眺めていたんだよ。色々な物を見つけちゃったあ……」

「色々な物って……一体なんだ？」

「これだよ」プリセラは無邪気に浦部の男性を掴んで振っている。

「……おい、やめろよ！　こら、やめろ！」

「なんでだよ？　食べられたがってるよ」プリセラは新しいオモチャを見つけた子供のように嬉しそうに眺めている。

「バカだなあ、男の体は朝になると、そういう風になるんだよ」

「ふうん、そうなの？　ね、食べてもいいだろ？」

「……それは構わないけど、俺が困るんだ」

「どうして？　気持ちがいいって言ったじゃないか」

「そうだが……それじゃ済まなくなるんだよ」

「……分かった！」

「何が分かったんだ？」

「お腹の中に入れたくなるんだ……そうだろ？」

「そうなんだ。でも約束があるからなあ……」

「ね、エンゾ、それはエンゾとパパイの約束だろ？」

「うん、そうだが？」

「アタイはパパイとそんな約束はしていないんだよ、だから……」

「だから……？」と言いかける浦部の目の前のプリセラは下着を脱ぎ捨てると浦部の体に跨《また》がった。

「こら、やめないか！」

「どうして？　ママイだってこうしているよ。エンゾは黙ってな」

「それじゃ俺の約束が……」

「エンゾじゃなくてプリセラが勝手にするんだから……いいんだよ。あっ、入らないよ！　エンゾ……痛いよお、どうしたんだろ？」

「……それはな、神様が未だ早いって言ってるんだよ。だから、俺も我慢するんだから、お前も待ちな。なに、もう直ぐに十六になるんだろ？」

「うん、でも食べるだけならいいよね」

窓の外が明るくなっている。長い雨は上がったようだ。

「学校なんか行かなくとも良いんだよう。もうすぐに卒業だし、エンゾのお嫁さんになるんだから……」と駄々をこねていたプリセラが、やっと重い腰を上げた。

「お早う、プリセラちゃん！」落ち葉を拾うポサダの主が声を投げると好奇の目をプリセラの体に走らせている。

「あっ、お早うございます。行ってきまあす！」プリセラは悪びれずに挨拶を返すと長い脚で駆けだしていく。

ポニーテールの髪の毛が踊り、バック・パックが背中に跳ねていた。

「やあ、良く降りましたねえ」主はニコニコと笑いながら、熊手を使うと落ち葉がかすかに鳴った。

「本当ですね。あ、それから、あの雨でプリセラが帰れなかったんで泊めましたが、部屋代は請求して下さい」

「いいんですよ、そんな事は……でも、こうして見るとプリセラちゃんもすっかり大人になったみたいですね」主は熊手の手を休めるとプリセラの後ろ姿を眺めている。

浦部には彼の胸の中が分かる。

「そうですかね。でも、あの子は未だ娘なんですよ」言いながら浦部は赤くなった。

「……いやですねえ、貴方は純情でいらっしゃる……」

「いや、本当なんですよ。なんて言っても、未だ十五ですからね」

「十五と言えば、立派な女ですよ。私のワイフなんか十六の時には、もう子供がいましたからね」

熊手が動いて落ち葉が鳴りだした。

「本当にこの国の女性は早熟なんですね」

「そりゃね、貴方のお国と違って、ここでは他に余りやる事がありませんからね。どうしたってませちゃうんですよ。十六、七で子持ちなんていう娘はざらにいますからね」主はプールに浮いたヤシの葉を掬っている。

「そうみたいですね。貞操観念がないのですかね……」

「テイソウカンネン？　なんですかそれは……？」

浦部は笑ってしまった。

考えてみれば〔貞操〕という言葉はアメリカでは死語に等しい。また、日本でも、あるとすれば辞典の中だけに存在し、意味を知っている人達は老人養護施設の中だけだろう。

そう言えば、日本の中学生で体を売る娘も少なくないとか……、それに比べればブラジルの娘にはまだまだ心が残っている。

「堕胎はアメリカでは簡単なんでしょ？」

「そうらしいですね。ここでは？」

「法律で厳罰になるんです。だから処置料が高いんですよ。たしか……アメリカのドルで……一五〇〇ドル位でしょうかね。そんな金があれば半年は食えますよ。だもんですから子供が沢山増えちゃうんですよ」

「それじゃ人口が増え過ぎて困るでしょうねえ?」

「いやあ、ブラジルは広いですからねえ……」と主は澄ました顔で熊手を鳴らしている。

万事がこんな調子だから、四〇そこそこで祖父や祖母になってしまうのもこの国では全然珍しくないのだ。〔待てよ、だとすれば、この俺も生きている間に孫の顔が見れるかも知れない……〕と思って見上げる空は底抜けに明るかった。

所どころに赤々と燃える篝火《かがりび》が闇の中にコーヒーの樹を浮かびあがらせている。コ、コー、コ、コー、ココココ…………ぎゃぎゃぎゃ…………と夜の野鳥が人間の侵入に抗議をしている。ジャングルに湧く乳白色の霧が篝火の明かりにピンクに染まり、ゆっくり流れ込んで来る。気温はぐんぐん下がり、ブラジルの夏も、夜は冷える。

深夜というのに前もって充分に休養をとった第四コロニアの独身者のグループが、賑やかに歌を唄いながらせっせと取り入れをしている。女や子供がいないのを幸い、彼等の歌にはさかんに猥褻《わいせつ》な言葉が混じり、時折興に乗った者は腰を振りながらアクメの真似をして笑わせている。

ポンポコ、ポンポコ、ズンチャカ、ズンチャカ、ポコポン……と有り合わせのドラムの合間に男たちの間からピーッ、ピーッ、ピーと笛の音、そして唇を震わせてプルルルルと合いの手が上がっている。まさにサンバだ。

そのドラムを叩いているのがブロンド、口ひげを短く刈り込んだ中年の監督、ジェームスなのだから、支配人のモリソンが見たら腰を抜かすかもしれない。そのジェームスの後ろには、朝の積み出しを待つコーヒーの俵が霜除けのシートの下に山になっている。

菅原は焚火に薪を放り込むと煙の行方を眺める。たち上る煙は温もりのブランケットとなって実を霜から守るのだ。


「どうだね一本？」ジェームスがタバコを差し出し「なあ、君は一体何者なんだね？」とマッチを擦った。ピンガで赤くなったイギリス人の顔がマッチの火に浮かぶ。

「何者ですって？　僕は貴方のコロノの一人ですが……」

「フン、只のコロノではないようだが……私は騙《だま》されんよ」

「どんな風に取っても結構ですが、僕はここの臨時雇いの労務者ですよ」

「臨時雇いの労務者がこのコロニアを変えてしまった。君は我々にとってのエニグマで、また薄気味悪い存在になっている。利口な君は充分にそれを知っている。そうだろ？　自称トンボ君」

ジェームスはじっと菅原の目を覗き込んでくる。

「それは買いかぶりですよ。勿論、僕にも理想はありますがね……」

「ほほう、その君の理想って言うのを聞かせて貰いたいね。もし、よければ……だが」

「理想はその人の価値観や主観で違いますでしょ。まず、貴方の理想を聞かせて下さいませんか。また僕はポルトガル語が未だに充分ではありませんので、理解できるかどうか分かりませんけど……」

「ふん、なるほど……私の理想をね……」ジェームスがライフルを手に掴んでゆっくり立ち上がった。（野獣の為に武器の携帯は常識になっている）

驚いたコロノ達が手を休めて二人をじっと見守っている。中にはそっと山刀を握り閉《し》めるコロノの姿もある。

一瞬ジャングルに静寂が立ちこめ、篝火が火の粉を撒き散らした。

菅原は、なんでもない……と言うゼスチャをコロノ達に送り、自分も立ち上がるとジェームスと肩を並べた。

「たいしたもんだよ君は」ジェームスはタバコをポイと投げ捨てた。

「何がです?」

「今こいつ等は君を守ろうとしたね。もし私がライフルを君に向けたら、彼等は容赦なく私に切り付けたんじゃないだろうか?」中年のイギリス人は苦笑を見せた。

「多分、そうでしょうね」菅原は煙の行方を目で追いながら「これこそが僕の捜していた物なのかも知れないんです」

「?……そうか、君は自分の捜していた物を見つけ、私は今見失ってしまっている。皮肉なものだね、人間の運命というものは……」ジェームスは溜め息をついた。

「僕は、運命論者ではありません。でも、それを語れる人は、それだけの知識と経験があるからで、僕は尊敬します。よろしければ、聞かせて下さい」


ジェームスはコロノ達の歌声にちょっと耳を傾けてから強いイギリス語のアクセントで語り始めた。

「なあトンボ君、私は君の国の事は知らないが、イギリスは大きな国だよ」

「世界中に植民地を持つ、陽の落ちる事のない大英帝国……ですね」

「……それは皮肉かね？」

「……それもありますが、事実です。世界は今植民地獲得に必死ですからね。イギリスはその手本ですね。モロッコに兵を進めたフランス、ドイツもよい例ですが、アメリカもスペイン戦争でアジアやカリブに植民地を手に入れました。この時期に、僕は貴方達イギリス人がこのブラジルに居る事も植民地獲得のイギリスの政策のように思えるんですが、違いますか？」

「アーハッハッハッ。これは驚いたねトンボ君。君はやはり普通のコロノではないね。本当の事を言い給え、どうだ大日本帝国の工作員と違うかな？」

「……そして貴方は大英帝国のブラジル侵略の先遣隊員でしょう」そして菅原とジェームスが爆笑し、安心したコロノ達が手を振って篝火が火の粉を噴き上げた。

この夜、菅原はジェームスとすっかり打ち解けて語り合う事が出来た。そして彼の口から淡々と語られる言葉の中に、菅原の全く知らなかった世界の支配者大英帝国の秘密、そしてイギリス民衆の悩みを知った。

ジェームスは北海に近い北イングランドのグランピアンという片田舎に生まれたと話し出した。気候は不順で一年を通じて寒く、産業と言えば羊毛と僅かな麦の生産だけであり、その辺りで満足に生きられるには軍人になるか、故国を捨てる事だと言う。

日本と同じ小さな島国が、世界中に植民地を持つようになった背景は貧困と飢えだったのだ。植民を奨励《しょうれい》し、彼等から徴収《ちょうしゅう》する税金がイギリス本国の経済を支えていたのだが、余りにも高額な税を課したがためにアメリカを失ってしまったのは有名な話だ。

それに懲《こ》りたイギリスは文明不在の弱い国を武力で取り込み権益をもぎ取った。インドはその代表であり、無限にとれるアヘンを支那に持ち込んで物心両面における支那支配政策を推進したのだ。ところが意外な支那の抵抗と欧米諸国の権益の争奪戦にイギリスは遠いアフリカに進出を計った。その中でも、オランダ人の作った南アフリカに金とダイヤが発見されるとイギリスはいち早くその権益に目を付けて侵略を始めた。

イギリスの植民政策の先鋒であったセシル・ローズが死ぬとイギリスは、ケープタウンから一気にキッチナー将軍率いるイギリスの大部隊を投入してオランダ人（ブーア人）の駆逐《くちく》を計った。ジェームスも有能な下士官として各地で転戦しながらある町を占領した時に、思いもかけない疑問にぶつかった。

「その男は我々の斥候や道案内をしていたブーア人だったんだ。その男が敵の工作員だとは知らない我々の部隊は甚大な損害を出した。だから捕らえた時の我々は怒り心頭に発していたんだ」

密林からしきりに霧が湧いている。

「そうでしょうね、人間ですから……」菅原は頷いた。

「処刑前の最後の言葉の時、彼は我々にこう語ったんだ。残念なのは、自分達が築いた祖国、富、財産を守れなかった事だ……とね」

「愛国心ですね。客観的かつ率直な意見は、イギリスは略奪が本業みたいなものですよ。インド、支那、アフリカ、中近東、僕の国日本まで狙われたんですからね。そのイギリス人はアメリカで原住民を殺し、彼等の土地を奪っているんじゃないですか。それが、アングロ・サクソンなのだ……と僕は思います。だから、このブラジルで貴方達イギリス人を目にした時……」

ジェームスが手を上げた。

「もういいよトンボ君。君の言う通りだと私も悟ったんだ。あの国のオランダ人達は、植民政策にしても正直だったんだ。白人と黒人の差を明確に設けていた。丁度、私は犬で君は猫……というようにね。ところが、我々の政策では、大英帝国の臣民は平等だと謳《うた》いながら、その実、徹底的な差別をしているんだ。この嘘に気がついた時から私は自分の国が……というより一部の為政者が嫌になったんだよ」

「とても僕にはよく分かります」菅原は火葬になった姉を頭に描いた。

「皇帝陛下に忠誠を誓い、バグ・パイプと鼓笛、人々の歓呼に送られて勇躍送りだされた自分の任務が強盗や殺人に等しい……と自覚した時、私は、もう戦う事のできない兵士になっていたんだよ。軍人は考えてはいけないんだ……」とジェームスは自嘲的に笑った。

夜の作業が終わろうとしている。コロノ達が後片付けを始め出した。

「パラ（シャベル）はこっちに纏《まと》めて、ペネイラはそこだよ。シートは畳んでそこに重ねてくれ……」菅原はコロノ達に同じ事を繰り返し毎回言わなければならなかった。彼等は怠けているのではなく、思考が欠如している。

「トンボさん、帰りますけど……監督さんと二人で、大丈夫ですかい？」ペドロと数人のコロノ達が心配している。

苦笑したジェームスが「心配するな。火は私が見るから帰り給え。おやすみ！」

ジャングルの中に、帰路につくコロノ達の松明《たいまつ》が、だんだん小さくなってゆき、やがて見えなくなった。

「それでブラジルに来たんですか?」菅原が薪を焚火に放り込んだ。

「そう言う訳なんだ。でもなあ、やっている事と言えば、銃剣を突きつけて労働に追い立てていた昔と同じだったんだ。ところが君はこのコロニアを変えてしまった。私には、君の目的が見えないんだ」

「目的ですかあ……。僕だって皆と同じに美味しい物を食べ、適当に酒が飲めたり奇麗な女の顔が見たいだけですよ。強いて違いと言えば、幸福の追求の仕方をいつも懸命に考えている事と、皆と一緒に幸せになりたいと思っているだけですよ」

「その理想の実行が、君の人生という訳かね?」

「そうです。おっしゃる通りです」

「……君はアナキストじゃないのか?」

「違いますね。僕は皆が兄弟とは言いませんが、デコボコの無い公平な社会になって欲しいと思っているだけなんです」

「すると……君は、もしかすると共産主義者じゃないのか?」

「……とも違いますよ。特定の人だけが楽しめる社会ではなく、皆が公平に人生を楽しめる社会が僕の理想……と言えば、これは何主義というのでしょうか?」

「フン、私にはやはり共産主義にきこえるが……」

学校から船着き場に直行し、パウロの船で島の家に送られたプリセラは迎えに出てきた母に飛びついた。

「なんだか久しぶりだねママイ！　昨日は嵐で帰れなかったんだよ」

「分かってるよ、それでセニョールに変わりはないのかい？」

「うん元気だけどさ……」

「……………？」

「なんだか、気が狂ったみたいに何か夢中で読んだり書いたり、時々ふっと考え込むと、プリセラの事なんてそっちのけさ」母に甘えてプリセラは頬を膨らませている。

「そうかい、セニョールは忙しいんだよ。そう言う時は、お前が色々とお世話をしたり、お慰めするもんだよ。ところで、お前は、もうセニョールの奥さんになったのかい？」母親の目が光った。

「奥さん……？」プリセラが怪訝な顔を上げた。

「そうだよ……その……、お前はセニョールに抱かれたのかい？」

「ああ、駄目だよ。パパイとの約束があるから駄目なんだってさ」

「そうかい、ジャポネスは律儀なんだね。可哀相に……」

「可哀相……って、誰がさ？」

「セニョールだよ。お前と一緒に居て手も出せないなんて……」母親のアイーダは浦部に同情している。

「ママイ、可哀相なのはアタイだよ。ノビア（許嫁）のアタイに何もしてくれないんだよ。これじゃ、女の自信が無くなっちゃうよ」

母親のアイーダは思わず噴き出してしまった。

「何がおかしいんだよママイ？」

「女の自信なんて言うお前のマセた言葉がおかしかったんだよ」

「だってそうだよ。一緒に寝ていてだよ、抱っことキスだけなんて、先が思いやられるよ。アタイの事をガキだと思ってるんだよ、きっと……」

「そんな事ないよプリセラ、お前は立派な美しい娘だよ。セニョールはパパイとの約束を守ってじっと我慢してるんだよ。分かって上げなくちゃ駄目だよ」

「……それじゃママイ、もしエンゾがその気になったら、体に入れても良いの？」

「そうだねえ……。ママイは勧めないけど、どうせ結婚するんなら、ママイなら抱かせて上げるね」母親のアイーダの目が遠い過去を見ているようだ。

「ねえママイ、エンゾをその気にさせるのは、どうしたらいい？」首をかしげている。

「そうだねえ……。セニョールは大人だから、少し大人っぽく見せる事だね」

「たとえば……？」

「言葉使いとか……肌をなるべく見せないようにするんだよ」

「冗談だろママイ、プリセラがスッポンポンになっても、エンゾはその気にならないのに……」

「まあ、驚いたねこの娘《こ》は、そんなハシタない事をしているのかい？」

「………」プリセラは首をすくめて赤い舌を出した。

「困った娘《こ》だよお前は。ところで今夜は家に居るんだろうね？」

「……やっぱりエンゾと一緒に居たいな。エンゾもう直ぐアメリカに帰るんだもの」

「そうだねえ、それじゃパパイに送って貰おうか？　それから、着替えを忘れないようにね。そうだ、ママイには小さくなったネグリジェを持っていきな」

「あいよ」ママイの許可を取りつけたプリセラは顔を輝かせている。

「プリセラ、あいよという返事は子供のだよ。はい、そうしますわ……と言うんだ」

「はい、そうしますわ。でも、なんだか照れくさいなあ」プリセラは鼻の頭に皺を作ると嬉しそうに浦部の居るポサダに目を伸ばした。昨日と打って変わって今日の海は青く澄み、さざ波に太陽がさかんに跳ねていた。


いつもは賑やかなプリセラが静かに部屋に入って来ると、軽く浦部の頬にキスを送り、そのままベッドの皺を伸ばしたり、散らばった下着を拾っている。

「……？」怪訝《けげん》な表情の浦部の前でプリセラは、持参したビニールの袋の中からしきりに何か取り出してクローゼットにしまっていた。

「プリセラ、どうしたんだ?」

ペンを放りだした浦部の顔が自分に向いている。〈わーっ、本当にママイの言った通りになった!〉心の中で叫んだプリセラは、何食わぬ顔で小さく微笑みをみせながら、

「お仕事、進んでいる?」と小首を傾《かし》げた。

「うん、まあまあな……」浦部の目のプリセラは後ろに束ねた髪のクリップを外し、イヤイヤをするように首を振ると髪の毛が揺れ、肩に落ちた。

その向こうに海が光っている。

いつもなら、ショーツの下の膝を開いて座るプリセラが、今日は膝頭を寄せ、長い脚を斜めに構えてベッドに腰を下ろしている。浦部の頭からスガワラの覚書が少し遠のいた。


支配人のモリソンに呼ばれた菅原は裏口から入ると事務所の外の部屋で待った。犬が敵意のこもった目でじっと菅原を窺っている。

「や、待たせたかな?」モリソンは快活に挨拶を投げてよこした。大体のイギリス人は感情を見せず、大きな声で態度は快活だ。

「早速だが、君の要求は理解出来るがね、ちょっと額《がく》が大きすぎるようだ。いや、僕は何も第四コロニアの収穫結果に文句を言うつもりは毛頭ありませんよ。それどころか、君の腕には内心舌

を巻いている」モリソンは大股で事務所に入るとデスクの後ろに腰をおろし、菅原を手で招いた。

「君の要求だと、コロノの個人労働契約はそのままとし、収穫量に応じてのボーナスとなっているが……」

「はい。一俵当たりに一ミルのボーナスなら適当だと思いますが、如何でしょう？」

「その一ミルという数字が大きすぎるというんだよ君」

「そうでしょうか？　僕の調べた結果ですと、他所《よそ》のコロニアの平均収穫量を少なくとも三十％を超えています。しかも短期間にですから。彼等の労働力を他に振り向けた場合、相当の経費が節約出来る筈です。違うでしょうか？」

「いや儂もその点は理解出来るがね。君は知らないだろうが今年は全国的な凶作だったんですよ」

モリソンは目をしばたたいた。

「ですから値段は高騰《こうとう》しています」菅原は真っ直ぐにモリソンの目に向かって言葉を投げた。

「これは驚いた、どうして君はそんな事を知っているのかね？」

「これです。週遅れですがこの新聞、コレオ・パオリスターノの経済欄《らん》には毎日のコーヒー相場が出ています」菅原はポケットから切り抜きを差し出した。

「き、君はこの新聞をどこから……？」モリソンは目を丸くした。

「毎週来る行商人から買っています。もう一つ言わせて戴ければ、僕は多少のポルトガル語と英語は出来ますし、コロノにも読み書きを教えています」

「コロノに文字の必要はない。余計な事はしないで貰いたいねトンボ君」モリソンの表情が険《けわ》しくなった。

「……そうですか？　たとえ僕が教えなくても、彼等が貴方達の搾取に気がつくのは時間の問題のような気がしますよ。ミスター・モリソン、時代は変わりつつあります。今は労資が仲良く繁栄の道を探る時代なのではないでしょうか？」

デスクをしばらくコツコツ指で叩いていたモリソンが顔を上げた。

「トンボ君、儂の所で監督として働かないか？　相当の俸給は考えるがね」

「お言葉は嬉しいのですが、僕には他にやる事がありますので……」

「……だろうとは思ったが、ところで、君は何者なんだ？」モリソンの目が眼鏡の奥で光っている。

「労務者です。貧しいコロノの一人ですよ、ミスター・モリソン」

「よろしい、君の条件は受け入れる事にしよう。ただし条件が一つある」

「その条件とは？」

「残念だが、君には去って貰おう」

外の陽光とは裏腹の冷たい空気が事務所の中に流れていく。

「分かりました」菅原は新聞の切り抜きをポケットにねじ込み、静かに立ち上がると幅の広い背中をモリソンに向けた。

「なんだ、思ったより易しいんだあ……」二時間もプリセラはハンドルを離さない。子供の頃から船の舵を握っていたプリセラの操縦感覚は確かで、アクセルの加速、減速のコーディネーションが分かるとローマのタクシー顔負けの運転をする。道は悪く、所によっては狭い。だがブラジル人は飛ばす。世界的に有名なレーサーの〝セナ〟を生んだのも、このブラジルの道路事情に負うものではないだろうか？

これで商売になるのか……と思うような山道に日本の茶店のような小屋があった。エンジンを切ると突然ザーザーッと水の音が聞こえる。

茶店の裏手の岩山から滝が何段も落ち、その下を渓流が白く走っている。やっと傾いて斜めに差す秋の太陽の光が滝壺に落ち、名も知れぬ真っ赤な鳥が二羽横切ると、ブラジルの雰囲気がいや、が上にも高くなり浦部はすっかり見とれてしまっていた。

「エンゾ、食べないと冷めちゃうよ」肘《ひじ》で催促するプリセラは、もう食べ終わって浦部のビールを飲んでいる。

「旨いか？」

「まあまあだよ……」と言いかけたプリセラは「まあ……飲めるわね……」と言い直して笑っている。これがもしカリフォルニアなら、未成年にアルコールを飲ませた保護者も売った者も罰せられるが、ここブラジルは大らかだ。どこの店でも喫煙は自由で、法律でガンジガラメの生活にむりやり慣らされた者にとっては人間の息が出来る。

浦部の目に、岩の上で羽根を休めていたさっきの二羽の鳥が、しきりに囀《さえず》りながら嘴《くちばし》を合わせているのが見える。微笑ましい光景だ。

「仲の良い鳥だね。夫婦かな、それとも恋人だろうか?」

そんなのどうでもいいよ。ね、エンゾ早く帰ろうよ」猫のように頭を擦《す》り付けて甘えるプリセラに押され、浦部は立ち上がった。

「ア、アタイが運転するよ」とプリセラが目を輝かせている。

「ダメだよ、お前はビールを飲んでる」

「あれ位なら平気だよ。エンゾ……お願い……」


「ああ、疲れちゃったあ……」ポサダの部屋に戻るなりプリセラは窓のカーテンを乱暴に引いてベッドの上にひっくり返っている。

「おい、送ってくよ。パパイは未だ船着き場に居るだろうか」

「いないよ」

「どうして?」

「だって、ここに泊まるのを知ってるもの」

「？……おい、パパイは本当にＯＫしたのか？」

「うん、ママイだって、ちゃんと知ってるよ」

「本当かなあ……」浦部は信じられない。

「本当だよ。どうせ結婚するんだからいいってさ。だから、プリセラは、ちゃんと着替えも持って来た……のよ」と語尾の言葉を大人の言葉に改めた。


タバコが特別に旨い夜だ。

見上げる空はスガワラの覚書には何度も登場する文字通り〔豪華絢爛〕な星がまたたきもせず輝いている。その空は、日本と言わず、浦部の知る北半球のどこの空とも違う深い紫色だ。

打ち寄せる波の音は聞こえない。潮の退く音だけが内緒話をするように密《ひそ》かに鳴っている。黒い影絵のように浮かぶ島の裾に黄色い灯が見える。

ほほう、あれはプリセラの家だ。今頃、パウロやアイーダ、双子の妹達はあそこで何をしているのだろう？　テレビはおろか、電話も冷蔵庫もない、現代人には考えられない全く別の惑星のような環境の中で、彼等の幸せは一体何なのだろう？　そして、彼等の先祖のスガワラはこのブラジルで求めていた夢を手に入れたのだろうか？

浦部が必死に追うスガワラの覚書に「幸せ」という言葉は見あたらない。いや、幸せの時期が彼にもあったのかも知れない……。だが、何時、どこでだろう？

ブラジル滞在の時間は余り残されていない。だが、このまま、何の結論も出さずには帰れない自分の性格を浦部は知っている。また、素朴な好意を丸出しに見せるパウロ一家、自分をひたむきに慕うプリセラの為にも何らかの結果を出すのは自分の義務のように思える。〔よし、数日滞在を伸ばそう……〕と心に決めて振り向いた部屋の中のプリセラはベッドに寝そべりテレビを眺めている。

「フン何よ、また書くの……?」デスクに向かった浦部の背中に鼻を鳴らせたプリセラの声が飛んで来る。

「うん、時間がないから、出来るだけ書いておきたいんだ」

「うん、それじゃアタシ、お風呂に入るけど……いい?」

「お、いいね……一緒に入ろうか?」とからかった。

プリセラは長い髪の毛を後ろに束ねながら「いやあよ、恥ずかしいから……」と立ち上がり「見ないで……」と背中を見せたプリセラはスエット・シャツを頭から脱いでいる。昨夜まではスッポンポンの姿も意に介さなかったプリセラの変化に浦部は目を見張った。

「イヤヨ、見ないでって言ったでしょう!」プリセラは露《あらわ》になった胸を手で覆《おお》いバス・ルームに消え、直ぐにお湯が鳴り出した。

浦部はなんとなく落ち着かなくなり、手にしたスガワラの覚書を伏せるとピンガを買いに町に車を走らせた。ピンガはブラジル特産の砂糖黍《きび》で作る焼酎だ。ジンに似た無色透明の液体に、ライムやレモンの絞りジュースを加えて飲む。市販のものの中には砂糖を加えた甘いピンガもあるが、小さなブランデーのタンブラーで三杯は飲めないという強烈な代物だ。それを知らない浦部は以前、二杯飲んで腰が抜けた苦い思い出があるが、酔うのも早いが冷めるのもアッという間のこのピンガは、まさにブラジルそのものを代表しているようで浦部は愛していた。またスガワラの覚書にもしばしば登場するこの酒は、日本からのブラジル移住者の生活には欠かせない物のようだった。

「お帰りなさい。あら、ピンガを買ってきたの？　アタシも飲みたいな」サルタンを待つハーレムの女のように、薄いクリーム色のネグリジェを身に纏《まと》って横になっていたプリセラが体を起こした。

「そりゃ構わないけど、腰が抜けるかもしれないよ」浦部はバス・ルームからグラスを持って来ると半分程注いでプリセラに渡し、自分は瓶を目の高さに掲《かか》げ「俺の未来の奥さんの為に乾杯だ！」と瓶の底を上げた。

「サルート！　エンゾの処女妻の為に！」皮肉たっぷりにグラスを掲げたプリセラは一気にグラスを傾けて顔をしかめている。

「ちびちび舐めないと本当にひっくり返るぞ。俺は前に経験したんだ」

「そうなの？　でもここでひっくり返るのなら安心だわ。ねえエンゾ、今一生懸命書いているのは分かるけど、たまにはプリセラにも何か言ってよ」口が尖《とが》っている。

「……そうなんだ。でもな、今俺が読んだり、書いたりしている物は、お前の家族の歴史で、お前にとっても重要な事なんだ」

「歴史なんかどうでもいいよ。歴史は作るもんだろ」言葉が以前の彼女に戻り、潤《うる》んだ目の回りが赤くピンガに染まっている。

「おやおや、気の利いた事を言うじゃないか」

「未だあるよ。ええと……そうだ、歴史は夜作られる……だ！」座り直すプリセラのネグリジェは大き過ぎるのか片方のヒモが下がって肩先がこぼれている。

「お前、面白い物を着てるじゃないか？」

「あ、これね、ママイがくれたんだよ。エンゾに裸を見せちゃ駄目だって……」と言いながらプリセラは鼻の頭に皺を寄せてクスクス笑っている。

「？……なんで俺に裸を見せちゃ駄目なんだよ」

「あのね、全部見せると男はその気にならないんだって……本当？」

「……そうかもなあ。でも、どっちにしても、俺はその気になるぜ」

「本当？　それなら脱ごうか？」プリセラは言うなり、もう腕を抜いている。

「待て待て、俺はもう少し書きたいんだ。な、もう少し後にしようよ」浦部は露わになったプリセラの胸から顔を背けるとデスクに向かいペンをとった。

窓にコッコツと灯りを慕う昆虫が鳴っている。〔スガワラは確かに十二月にモリソンの農場を追われて……追われて……ええと、追われた筈なんだ。そこから……彼は……〕と浦部は懸命に思考を集中するが、まとまらない。

どうしても、目の端に膝を抱えて体を揺すっているプリセラの白い姿が入ってしまう。

胸の、淡いピンク色の二つの蕾《つぼみ》が浦部をしきりに誘っている。

〔こんな小娘の色香に負けてたまるか！〕と必死に抵抗する浦部だが、その自信は次第に細くなっていく。

「エンゾ……こっちを向いてよ……。プリセラ寂しいよう……」細い声がベッドの端から流れて来る。その声は浦部の耳ではなく、下腹が聞いてしまう。

「何くそ！」と必死に堪える浦部にプリセラの言葉がカウンター・パンチとなった。

「エンゾ、パパイもママイも許してくれたんだよ。ねえ、プリセラのお腹にエンゾの赤ちゃんを入れてえ、ここに……」浦部はペンを捨てるとスタンドの灯を消した。

バス・ルームで浦部の使う剃刀《かみそり》のモーターの音を聞きながらプリセラはベッドに潜《もぐ》り込んだ。

体が異常に火照っている故《せい》か暑い。プリセラはネグリジェを足から抜き、改めてカバー・シーツを胸に引き上げた。

剃刀の音がピタリと止まると、キチキチチチと天井からヤモリの鳴き声が降って来る。

〔セニョールは大人なんだから、黙って任せて置けばいいんだよ。じっとしていれば直ぐに終わるさ……」と言った母の言葉をプリセラは頭の中で反芻《はんすう》しながら、父の体の下で愉悦に悶える母の姿を瞼に描いていた。

バス・ルームの閉まる音に続いてベッドが沈み、嗅ぎ慣れた浦部のコロンが匂うと緊張に体がこわばり、プリセラの心臓は今にも飛び出しそうに鳴り出した。

「なんだ、眠っているのかよ……」

「……………」プリセラは頭を横に振るとシーツの下に顔を隠した。

「隠れても駄目だよ。ちゃんと分かってるんだから……」シーツの上の浦部の声に目を上げると、薄いシーツを透して浦部のシルエットが動いている。

「ほら、見つけたぞ！」浦部の声と共にシーツが下がりプリセラの顔の上に浦部の唇が降ってくる。「ア、エンゾ……」プリセラは心の中で叫びながら腕を浦部の首に絡《から》めて歯を緩めた。

浦部の手がプリセラの体を這っている。まるでその手に松明があるように、触《ふ》れられた部分だけが燃え立つように熱くなるのをプリセラは怪しんでいた。

やがて浦部がプリセラに覆い被さるように体を重ねる。プリセラはママイを真似て膝を左右に開いた。顔にかかる浦部の荒い呼吸にピンガが匂っている。

堅い物がプリセラに触れている。先日、プリセラの小さな口の中で途方もない張《みなぎ》りを見せた物だ。プリセラは呻いた。浦部の脈動がそのまま、そこの部分からプリセラに伝わると、ぬるま湯のように湧く愉悦が体に広がっていく。

浦部が体を少し押し進めると、鈍痛が起きて体が無意識に伸び上がる。浦部が動きを止めると痛みは消え、再び愉悦が湧く……。それを何回も繰り返している内にプリセラの頭がベッドの端から外れた。

「痛いのか？」細いプリセラの体を引き戻しながら浦部は声をかけた。

「シ、ポコ。チョットね、でもいいよ……続けて……」呟きながらプリセラは母の愉悦の姿、今の自分の姿との違いが理解できなかった。

プリセラは次第に焦りだした。

「エンゾ」プリセラが顔の上の浦部に目をやった。

「何だ？」

「思い切って押し込んで！」プリセラは叫ぶように言うと股を大きく開き、自分の腰を浦部にぶつけるように押し上げた。

プシッと体の奥で小枝が折れるような感じが起きてプリセラは浦部にしがみついた。

痛みは次第に遠のいていくが、腹の中を何かが貫いて胃の底を押し上げている。

愉悦などどこにもなく、あったのは微かな痛みと体を貫く異物感だけだ。プリセラの頭の中に母の喜悦に悶える白い姿が浮かぶ。〔一体、何がいいんだろ？……〕

次第に浦部の呼吸が激しくなると譫言《うわごと》のように声が漏れる。その声にプリセラは何度も自分の名を呼ばれながら揺られ、一層、浦部の動きが激しくなったと思うと突然静かになった。

とろとろと熱いものが体の奥に燃え、重い浦部の体にプリセラは息がつまった。

「終わったの?」かすれた声でプリセラは浦部を見上げた。

「……うん」浦部は微笑むと、さも愛しそうにプリセラの体にキスの雨を降らせながら体を離した。

キチチチ……天井のヤモリが鳴いている。


浦部が心地良さそうに寝息を立てて眠っている。安心と満足を顔に漂《ただよ》わせながら、それでも手だけはプリセラの胸をまさぐっていた。

プリセラは胸の浦部の手をそっと外すと立ち上がった。脚の付け根から胃の底まで何かが詰まっているような異物感に脚の運びもぎごちない。

よろめくように歩いたベランダの向こうの空に、浦部が口癖のように言う、凄い絢爛たる空がありあり星が降っていた。〔あら、本当に奇麗なんだ……〕と呟いて見とれる。


目を転じたプリセラは、じっと島の自分の家の黄色い灯りを眺めた。小さな頼りない灯火だが温もりが揺れている。パパイ、ママイは眠っているのだろうか? 生意気な双子の妹達も……。

じっと眺めていると、十五年にわたる歳月の自分が生まれ育った世界が今は小さく、また次第に遠くなっていくような気がする。

〔パパイ、ママイ、プリセラは大人になっちゃったよ」心の中で呟くプリセラの体の奥から浦部の体液が流れ出てプリセラの内股を冷たく伝っている。「アラッ」とそれを意識したプリセラに自分でも分からない感慨が湧き、涙が溢れ出した。それは十五才の少女への訣別の涙だろうか？それとも、新しい人生の門出への嬉し涙だったのだろうか？


揺り起こされたプリセラの前に、すっかり身支度を終えた浦部の顔がある。

「俺は、どうしても行きたい所があるので、これから出かけて来る。なに、直ぐに片付けて明日にでも戻るから、お前はここにいな」

「いやだよ！　アタイも行くんだ……」と叫んで飛び起きたプリセラの体の奥に未だ何か挟《はさ》まっているような異物感があった。

「しょうがないな。ジャングルの中は楽しい所じゃないんだよ」

「いいよ。スガワラはアタイのご先祖様だろう。それを調べるのならアタイだって行かなくちゃ……」飛び込んだバス・ルームからシャワーが鳴り出した。

浦部はタバコに火をつけると、未だ見ぬ菅原の消えたジャングルを頭に描き、期待に胸を膨らませた。シャワーが止まった。東の水平線に赤みがさし、ブラジルの秋の一日が始まろうとしていた。

蛍の里

〔Japan,s Bismark,Killed by Korean〕菅原は古い新聞の記事にむさぼるように目を走らせた。アメリカのトーマス・ジェファソン、ドイツのビスマルクに匹敵する日本の鉄腕政治家、伊藤伯爵、朝鮮の国粋主義者の凶弾に倒れる。享年七十二才。

犯人は朝鮮の国粋主義者とあるが、国家の体裁も整わない小国、朝鮮は支那、ロシアか日本のいずれかに吸収される運命にあった。その支那もロシアも日本に破れ、独立を模索《もさく》する朝鮮の愛国者に残された道はただ一つ社会主義国家の建設だった。菅原も何人かの朝鮮の同志を知っている。だが今、そのニュースに接しても何の感慨も湧かず、ただ空しさだけが孤独を呼んでいた。

小さな焚火の炎に女の影が揺れている。彼女はコロニアの農園作業のかたわら、ソテーロ（独身）の男達を相手にトタン板を鳴らす女の一人だった。

今夜が菅原の最後の夜と知った彼女は夕方から押しかけてきて動こうとしない。黙ってコルシヨンの上に座った彼女はじっと菅原を見つめているだけだ。

「何が欲しいんだよ？　道具は全部明日置いていくよ、それとも金か……？」と何回も菅原は問いかけ、その都度彼女は頭を横に振るのだ。

溜め息をついた菅原は新聞紙をねじると焚火に放り込んで立ち上がった。モレナは少し怯《おび》えを見せて菅原を見上げている。

菅原は戸口に歩き、確認するように空を見上げ、扉を閉めた。

「オブリガド」かすれた小さな声を漏らせたモレナは、ゆっくりとスカートから脚を抜くとシャツのボタンを外しだした。

ぼっと新聞紙が勢いよく燃え上がり、その炎の中に彼女の持つ、たった一つの誇りの素晴らしい裸身が浮かびあがった。

細い足首から素直に伸びる脚、押せば弾き返す逞しい太股の上には豊饒《ほうじょう》を約束する豊かな腹が広がっている。胸には熟れ切ったマモンが二つ揺れ、漆黒《しっこく》の髪はジャングルの神秘を漂わせていた。

もし、日本であったら、菅原は一瞥《いちべつ》も与えず通りすぎただろう。だが目の前のモレナの体の全てはブラジルであり、褐色の女神アパレシーダだった。

「……トンボさん、アタシ、ずっとアンタが好きだったんだよ……」顔を隠して呟くモレナの細い声が彼女の指の間から漏れ、菅原は一も二もなく服を脱ぎ捨てた。

髪の毛に太陽が匂う。スコールのようなキスの雨。豊かな実りに揺れる胸の膨らみと、全てを飲み込もうと激しく揺れるモレナの腹はブラジルの大地であり、巨木に絡む蔦を菅原はモレナの腕に見た。

「ああ……嬉しいよトンボさん。もっと責めておくれよ、アタシを目茶苦茶にしてぇ！」

二人のコルションが破れて枯草が飛び出し、その下でトタン板が激しく鳴り出した。

ペコペコペコ、「アッ、アーア！」ペコ、ペコ、ペコペコ、「あっ、オイー、オイー」と叫びながら菅原はモレナを抱き締め、ブラジルの大地に溺れていった。

小屋の焚火が薄い紫色の煙を上げている。すっかり身支度を整えて外に出た菅原は思わずたじろいだ。第四コロニアの全員が泣きそうな顔で立ち、何人かの女達は目頭を押さえている。その中にモレナの姿はなかった。

「おいおい、野辺の送りじゃあるまいし、何時もの明るい顔で送ってくださいよ」菅原は強いて明るく言ったつもりだが、顔がこわばっているのは自分でもわかった。

菅原はメイン・ゲートに向かって歩いた。

強烈な真夏の太陽がジャングルの梢から斜めに降り注ぎ、別れを叫ぶ人々の声が次第に遠くなっていく。菅原は一度も振り返らなかった。

ゲートに近付くとジェームスが「これはモリソンさんの餞別だそうだ」と一頭のロバの手綱を渡してくれた。目を上げるとバルコニーに夫人と並んで立つモリソンが大きく頷いて挨拶をしている。

「Mr.Morrison!」と菅原が言葉を投げた。

「イエス？ トンボ君」

「I want thank you for all your hospitarity 」

「ユー・アー・モスト・ウエルカム」

「なんだね、あの男、英語も出来るんだな」と肩をすくめた。

「トンボ君」ジェームスが真剣な目差《まなざ》しを菅原に向けた。

「はい？」

「このロバは、君に汽車に乗らないようにと言ってモリソンが寄越したんだ」

「何故汽車に乗れないんですか？」

「電報が来ているんだ。君の船から逃亡した三名の者は、飢えのあまり日本領事館に出頭して、君の事を話したらしいんだ。その為、駅は見張られている。また、この辺りの農場主はイギリス人が多いんだ。だから、避けた方がよいと思うよ」

「ジェームスさん、僕はそれほど有名人でも、悪党でもありませんよ」菅原は笑った。

「いや、駄目なんだ。モリソンさんが君の事について、イギリス人の農園主に警告を回したんだ」

「ちょっと待ってくださいよ。僕にロバや忠告をくれたモリソンさんが、僕の警告を出すなんて、僕には分かりませんが……」

「君はイギリス人を分かっていないんだ。我々は律儀にルールを守る国民なんだ。警告は、モリソンさんの農場支配人としての公の立場からであり、君に与えたロバや忠告は彼の私人としての君への好意なんだよ」

「貴方もイギリス人ですが、もし公の命令があれば、僕を捕らえますか？」

「勿論！　それは公人の絶対の義務だからね。さ、私達が未だ私人でいる間に、早く行きなさい」

「ありがとうジェームスさん。戴いた教訓は忘れません」

「いつか……会う日が来る事を信じよう。トンボ君、さらばだ！」ジェームスは言うなりロバの尻を叩き、菅原は密林に向かって歩きだした。その菅原に降ってくる熱い視線の主がモレナであるのを知っている。だが、菅原はここでも振り返らなかった。


サンパウロからソロカバの町、そして山道を北西に進んでバウル市に入った。

百年程前には、一日に数える程の汽車しか止まらなかった寂しい田舎の町も、今は人口二十万を数えるサンパウロ州の田園都市だ。浦部は菅原の覚書と聞込み、それと自分なりの推理でこの辺りが日本の入植者達の活動の中心地だろうとおおよその見当をつけていた。

「プリセラ、今夜はここに泊まるよ。まずメシだ」と浦部はポーキロと呼ばれるモールの中にある食堂に入った。

ポーキロというレストランは、バイキングのように自分で好きな食べ物を選び、重さで払うというシステムが受けて最近のブラジルの町でよく見かける。そもそも最初は日系人が日系人の為に作ったシステムの為、メニューには必ず簡単な鮨や、湯豆腐、味噌汁があり、大いに重宝がられていた。勿論、ブラジル式料理も豊富だ。

いつも旺盛な食欲のプリセラは「こんな御馳走は初めてだよ……」と無邪気に食べながらモールの賑やかさに目を丸くし、ファッションの店の前に来ると足が突然に重くなる。見ればプリセラは、ショーツにTシャツの姿であり、ホテルに入るには気が引ける。

浦部は半袖の涼しそうな白地にブルーの縞柄のドレスに黒のパンプスを買った。ところがプリセラは、こんなオバサンみたいな物は着たくない……と駄々をこね、結局、臍が飛び出す裾の広いジーパンと黒いTシャツにハンド・バッグを買わされた。

早速ハイヒールを履いたものの、生まれて初めての踵《かかと》の高い靴、プリセラは膝を曲げてヨチヨチ歩く。浦部がからかう。

「だってえ、ここに何か挟《はさ》まってるんだよう……」と人目もはばからず下腹部を押さえて浦部を慌てさせた。

町を北に抜け、一軒の二階建ての古いホテルに車を止めた。継ぎの当たったソファーの上で目つきの悪い数人のブラジル人がテレビを眺め、二人にじろりと視線を這わせた。

浦部は自分の姓の下にエンゾとプリセラと記入した。フロントの係は宿帳から顔をあげると眼鏡越しに「ベッドはシングルの二つか、それともダブルの一つかね？」と尋ねるとすかさず「ダブルだよ！」とプリセラが声をあげ、浦部を赤面させる。

給湯設備のないこのホテルのシャワーは水だ。電話やテレビも無い、やたらに広い部屋の鏡を張った壁際に、真ん中が凹んだベッドが置いてあるだけだ。どこかのゴースト・タウンの部屋をそのまま運んで来た感じだが、そのせいか故国を忍ぶ菅原の姿を彷彿《ほうふつ》とさせる。

ホテル代は米価で十二ドル……菅原の時代は幾らだったのだろうか?

「寒いよう!　エンゾ……寒い!」シミだらけのタオルを巻いたプリセラがシャワーから飛び出して来ると浦部に抱きついた。

「おい、早くドレスを着なよ」

「?　着るの……?」プリセラは顔をしかめている。

「遊びに来たんじゃないんだ。忘れたか、聞き込みに来たんだよ」

この町の歴史を調べたい……とフロント係に渡した十ヘアールのチップが利いたのか、彼はしきりに、あちら、こちらと電話をかけ、やがて町役場に勤めていたサントスという老人が来ると言って親指を上げてみせた。

サントスと名乗る八十才前後の老人はさすがに詳しかった。曾孫の自慢を一くさりとピンガを舐めてから、やっと菅原の質問に答えだした。と言ってもパーキンソン症状に震える手と、遠い記憶に話は途絶え勝ちだ。最も困ったのは、同じポルトガル語でも地方の訛りや方言が浦部には分からない。いつのまにかプリセラが浦部に替わって質問をリードしながらノートをとり始めた。

「スガワラねえ……?　おらに覚えはねえが、タナカ、ヤマザキ、サトーとか言う名前はザラに有ったなあ……。今、残ってる人は殆どいねえだよ。ここらの農園は何回も売買を繰り返したんで、最初から入植した人はいねえやな、考えてみなってば、もう一世紀も前の話だもんな」サントス老人は歯のない、洞穴《ほらあな》のような口で笑った。

老人の口からこぼれる日本の名前を耳にする度に起こる興奮に浦部は疲れを忘れて聞き入った。

「お、そうだ、今名前を思い出さねえが、以前にここに居たジャポネスからのクリスマス・カードがあるぞ。お前さん達日本人は几帳面に毎年カードを送って来るが……あれっ、去年は来たかなあ……。ともかく明日、おらの家に来てくれや」


「寒いよう……！」高地の寒さに悲鳴を上げたプリセラがベッドに飛び込むと浦部の首にしがみつき「ほら、冷たいだろ……？」と体を擦り寄せる。

「そうかなあ……。なんだか火照ってるぜ」と答える浦部を横目に、プリセラは脚を絡めながら「ねえ、さっきの話に収穫あった？」と滑らかな内股を擦り付ける。

「あったねえ。お前に感謝するよ」

「あ、良かったなあ。それじゃ、明日は現場の聞き込みだね？」

「うん。これでスガワラの人生の歴史の殆どが分かる」呟く浦部の頭はすでに菅原を追い始めている。

「ねえ抱いてよ」ゲンコで浦部の胸を叩きながらプリセラが鼻を鳴らした。

「？　ウン、でも今日は疲れてるから明日にしようよ」

「だってえ……ハニー・ムーンだよ」プリセラは浦部の耳をかじった。

「イテ……。何？　ハニー・ムーンだって？」

「そうだよ。最初の一月《ひとつき》は毎日毎日奥さんを可愛がるからハニ・ムーンて言うんだってさ」プリセラは浦部の胸に指で字を書いている。

「こいつは驚いたな。お前、どこでそんな事を覚えたんだ？」確かに蜜月という言葉は知っているが、その謂《い》われの知識はなかった。

「学校の図書室にあった本だよ。男が疲れるだろう？　だから最初の一月の間は奥さんが蜂蜜（ハニー）を夫に飲ませるからハニー・ムーンて言うんだよ。なんだエンゾにも知らない事があるんだね」鼻の頭に皺を寄せて笑うプリセラの手は、もう浦部の物を握っている。

「へーえ、成程ねえ。ところで俺は車の運転でくたくたなんだよ。明日もまた運転をしなけりゃならないし……」

「わかった、分かったよ。エンゾはじっとしていな。アタイはパパイが疲れている時のママイのやり方を見てたから知ってるんだ。アタイに任しておきな……」

「……おいおいプリセラ、ママイは、そんな格好をお前に見られて平気なのか？」

「怒るね。コラ、早く寝ろっ！……とか、何見てんだってね……」

浦部の体にまたがったプリセラの体から湯気が立っている。

もぞもぞ動いていたプリセラが白い喉を見せ、小さく「あっ」と叫んだ。

そして「エンゾ、今度はちゃんと入ったよ」と言いながら膝を左右に大きく開き「ほら……」と浦部に見せる。この国に羞恥という言葉はない。

かっての浦部の妻も処女だった。結婚したばかりの数週間は会社の昼休みにアパートに飛んで帰り妻を抱いた記憶がある。フトンを片付ける暇もない……とこぼした妻が、今のプリセラのような姿態を見せるのに随分時間がかかったような気がする。

それが今は逆にプリセラにリードされている。地球の裏側ではこうも違うものなのだろうか？　そして、菅原もさぞ面食らっただろう……と愉悦の海に漂いながら考える浦部に「どうなんだよ？　ボン（いい）？」プリセラの声が降って来た。

「あ……、勿論だよ。とろけそうに気持いいよ。ムイト、ムイト・ボンだ」

「……アタイも……今夜はいい気持ちだよ。エンゾ……幸せだよ、エンゾ、エンゾ」とプリセラが喘ぎだしてサン・ジョアキン高原の夜は更けていった。


何時作られたか判らない舗装道路は穴だらけ、その上に速度を制限する突起が道に設けられているので車はボンと跳ね上がったり次の瞬間には穴に落ちて弾む。

ところどころの寂しい道の端に軒の低い古い家が見え、未だに馬車がのんびり行き交う光景は、タイム・マシンで一気に時代を逆に戻った感じだ。

洗濯物が風に翻《ひるがえ》る家の前のベンチでサントス老人を拾い、ものの十五分も行かない内に穴だらけの舗装道路も切れ、小さなツムジ風に埃《ほこり》が舞う泥の道となる。左右のジャングルの奥は暗く、梢から漏れる朝の陽光が光の箭《や》となって落ちている。

同じブラジル人でも浜育ちのプリセラにとっては珍しい景色なのか、口数も少なく辺りを見回している。

「おらの子供の頃は、この向こうに汽車の線路があってなあ、よく汽車を見に来たもんですだ。農園もこのノロエステ線に沿って、あちこちに有ったんじゃが、売りに出されたり、また買手がつかなくて、元の姿に戻ってしまったんじゃよ。まあ、折角じゃから、行けるところまで案内させて貰いますだ」

老人が居なければ見逃すような雑草に被われた細い道が薄暗い密林の奥へと伸びている。道……と言っても左右の樹木を切りひらいた昔の道で、伸びた雑草が車のシャシーをがりがりと引っ掻いている。

まるで樹木のトンネルを走っているような感じで辺りは夕暮れのように暗い。やがて朽ち果てた大木に遮られて進めなくなってしまった。

車を棄て「農園はもうすぐですから……」とマシェット（山刀）を振りながら先を進む老人の後に続いて小一時間も歩いた頃やっとジャングルの切れ目に到着した。

バサッ、バサッとマシエットが鳴る度に身の丈程ある雑草が消え、その向こうに屋根の朽ち落ちたレンガ建ての家が姿を見せた。

「確か……ブラウン農場の本耕地ですだ。倉庫もあったのですが……。そうだ、あの辺りですだ」行ってみると真っ赤に錆びたトタン板が散乱し、農具の残骸《ざんがい》らしき物もあった。「コーヒーの樹もある筈ですが、手入れをしないので枯れてしまったんでしょう、このコロニアでもジャポネスが働いていた筈です」サントス老爺の皺深い顔が、ずっと遠い昔を呼んでいる。

風が立つと雑草がガサガサと鳴りながら波のように揺れ、どこからかホッカアサン、ホッカアサン……と山鳩の鳴き声が流れて来る。耳を傾ける浦部の頭を、日本を忍ぶ菅原の姿がふと横切った。

レンガの壁だけを残した家の床はタイルが奇麗に剥《は》がされてコンクリートが冷たくむき出しになり、それでも、かっては白いレースだったカーテンの名残りが今は褐色に変わって、窓辺の風にかすかに揺れながら人生無常を物語っていた。

「ほら、あそこ……」傍らのプリセラが指さす先のソファーから何本もワラビが生えていた。

「あれは食えるんだよ」浦部は一本つまんだ。本当にワラビだった。

「どうやって食べるんですかね？」サントス老爺も手につまんでいる。

「ただ、茹でて、塩だけでもいいし、醤油をかけると美味しいんですよ」

「これは良い事を聞きましたな、早速やってみますよ」嬉しそうに顔を綻《ほころ》ばすサントス老爺《ろうや》の向こうから川のせせらぎが風に乗って聞こえる。

川までの道は所どころに石が敷かれ雑草が隙間から伸びていた。せせらぎの音が次第に高くなると、まず向こう岸の土手が見え、すぐに川岸になった。流れが淀んでいる所、そして小さな渦を巻いている所もあり、そんな中、赤トンボがすいすい卵を産み付けている。

「奇麗な所だね。ね、エンゾ、こんな所に住みたくない？」

「いいねえ……」浦部の目の先の川面《かわも》にブラジルの青い空が映っている。ふと、浦部の頭に、川面を覗く菅原の姿が浮かんだ。

「ねえ、オジイチャンのスガワラもここに居たの？」浦部はあまりの偶然に驚いた。

「さあ……」

「どんな人だったのかなあ……。エンゾみたいなハンサムな人だったんだよね」

水辺のプリセラは水を掬って空に投げた。水が玉になり、キラキラ宝石のように光りながら落ち、トンボが後を追った。

「ハンサムかどうかは知らないけどな、プリセラ……」

「うん、なあに？」

「俺なんか足元にも寄れない立派な男だったんだ」

「お金持ちだったの？」

「さあ、どうかなあ……でも、きっと心の豊かな人だったと思うよ」

「ふーん、心よりもさ、お金が沢山あった方がプリセラはいいなあ」またプリセラが水の玉を空に放りあげ、ホッカアサン……と山鳩がどこかで鳴いた。

高さ八十センチ程の石で囲んだ堂があった。日本でも地方で見かける地蔵堂にそっくりだが、ご本尊はなく、お供えの皿に溜まった雨水の中に落ちた枯れ葉が揺れていた。

浦部の腕にすがるプリセラの手に力が入っている。見ると樹木の間に朽ち果てた十字架がいくつか見える。

「セメタリア（墓地）ですだ。ま、今のおら達には想像も出来ねえ位の重労働でしてね、沢山死んだらしいですだ」サントス老人はミシェットを地面に置くと両手を胸の前に組み「エンノンブレデエスピリトデサントス……」と祈り、最後に「アーメン」と胸に十字を切り、プリセラも細い声でアーメンと呟きながら十字を切った。

「こっちの棒杭の墓は、たぶんカトリコ（キリスト教徒）ではないコロノの物ですだ」

「……それじゃ、ジャポネスでしょうかね？」

サントス老人は「さあ……」と肩をすくめた。

宗教を持たない無神論者の浦部も直立不動の姿勢で敬意を表し、プリセラが野花を折って供えていた。ホッカアサン、ホッカアサン、ホッカアサン……山鳩の鳴き声が止むとブラジルのジャングルの暗みから忍びよる静寂がひっそりと辺りに立ち込める。

「ねえ、サントスさん、どうしてこんな立派な農場を見捨てたんでしょうかね?」

「……呪われてんですよ。おらが聞いた話ですがね、昔は奴隷を沢山連れて来て、そりゃヒデエ労働をさせたそうですよ。病気になっても手当もしてもらえねえし、野焼きの時なんか、未だジャングルに奴隷がいるのを知りながら四方から火をつけたりしたらしいです。だもんだから、あいつ等の魂の行き場所が無くなって、このジャングルをさ迷っているんですだ」東京の銀座や、ブロード・ウエイでこんな話を聞いてもピンと来ない。それどころか笑ってしまう。だが、頭っから迷信を否定する浦部も、この環境にあっては、うすら寒さを背筋に感じていた。


「カンナ、マモン、マイス、コーヒー、コットン、バナナ……と色々な栽培をやったんですがうまくいかねえ。雨が降らなかったり、逆に降り過ぎたりでね。やっと収穫がうまくいったと思ったらイナゴに襲われたり、もっとも酷かったのはマレタで、全滅してしまったコロニアもあったらしいですよ」

「マレタ……?」

「はい、マレタ。マラリア……というヤツですだ。あんまり姿が見えねえもんだからって見に行ったら、一家だけならともかく、一つの部落の全員が死んでいたんだそうですだ。この辺りの連中ならみんな知ってる話ですよ」

「サントスさん、そこに連れて行ってくれませんかね?」

「め、滅相もない、もう少し曾孫と遊びたいですからね……」サントス老人は手を振ると、足早にマシェットを振り回しながら何かに追われるように歩き出した。

「アタイも、もう少しエンゾに可愛がられたいからイヤだね」プリセラも頭を横に振るとサントスの後を追う。

「何を、バカな迷信を……」と呟いて見回す暗いジャングルの深みに咲く、名も知れぬ鮮やか色の花が風もないのにひっそりと揺れていた。「?!……」いつの間にか浦部の足もサントスを追っていた。


この日、浦部はサントス老人から得た手がかりを元にノロエステ線の沿線を調べ、リンス駅の北東にあった日本の植民コロニアを突き止めた。かって〔この大地に夢を……〕と、はるばる希望に燃えて海を渡って来た日本人植民者の夢を呑み込んだブラジルのジャングルの空には無数のウルブ（禿げ鷹）が舞っていた。

それから二日後にサン・ビセンテに戻った浦部は、眠る間も惜しんでパウロとの話をノートにまとめ、後は整理するだけとなった。

アメリカに帰る日が近づくにつれてプリセラの顔は晴れない。ポサダの部屋に来ても以前のようなお喋りも、不平を並べるでもなく、そっと浦部の傍らに座って顔をのぞき込んでいる時間が多くなった。浦部にもプリセラの気持ちは充分に分かっているが、言える言葉と言えば〔九月に迎えに来る……〕という言葉しかない。

「ウン、待ってるけど……あと四ヶ月もあるんだなあ……」

「まず村役場で結婚の登録をするんだが、お前が十六才でなければならないんだ。その上、今度はアメリカの領事館で、お前のアメリカの入国手続きがあるんだが、下手すりゃ三年もかかるって言う話だ」

「えっ、三年も待てないよ。エンゾは平気なの？」

「イヤ、俺もお前と離れるのはいやだ。となると、俺がここに来るしかないんだよ。そうなると、やりかけた仕事の整理だとか、書き物や契約なんて物を全部始末しなければならないんだよ。それを四ヶ月で終える自信はあまりないけど、やって見るよ」

「プリセラがエンゾと一緒にアメリカに行けばいいんじゃないか？」

「それが、だめなんだ。お前はパスポートを取る資格がないんだ。パパイが観光でアメリカに来るのなら一緒に来れるけどな、そのパパイが、ちゃんと払った税金の証明書とか、事業の登記簿謄本のコピーが要るんだそうだ。俺も弁護士に色々と聞いてみたんだがいい返事はないんだ。俺が迎えに来るまで待つしか他に道はないんだよ」

「そうかあ……」浦部は、長い睫《まつげ》の下からポタポタ涙を落とすプリセラを黙って抱き締める以外に言葉は無かった。

重い心を抱きながら浦部がサンパウロ空港を飛び立ったのは二〇〇一年の五月の半ば頃だった。カリフォルニアの自宅に戻ったその翌日から浦部は憑《つ》かれたように、集めた資料を基に菅原の足取りを追い始めた。

農園を追われた菅原は餞別《せんべつ》に贈られたロバにまたがって気ままなジャングル暮らしを始めた。その内に官憲の追求も、イギリス人支配の農園主も一人の社会主義者の青年の事など忘れる筈だ。

さ迷うジャングルの中には必ず人一人が通れるような道があった。誰がつけた道だろうかと菅原はいつも怪訝《けげん》に思いながらドン太（ロバに付けた名前だが、後で雌と判る）と歩いた。白昼と言えども陽の射さない森の中は暗く、シンと静まり返っている。

菅原の故郷にも森はある、しかし二抱えも三抱えもある巨木はない。しかし、ここの巨木は太い蛇のような蔦《つた》を幾重にも巻き付けて傲然《ごうぜん》と立ちはだかり、その梢は霞んで目には見えない。

そこは暗緑色の、一切の影の無い静寂の海の底なのだ。

ひしひしと孤独に襲われると菅原はロバのドン太によく話しかけ、ドン太は必ずそれなりに返事をする。

こう言う、文明、文化を消し去った大自然の環境では人間と動物の差が次第に無くなり、お互いが寄り添うものだという自然の摂理を菅原は悟り始めていた。

人はここでは生きる為に食べて眠る。恐怖、孤独の大きさに比例して、自然に導かれた生殖本能は活発化する。だが、それは快楽や愛情とは程遠い、種の保存のようなものだと菅原は思った。

〔なあドン太よ、俺達はなんで生まれて来たんだろうな。なんの為にだい？　楽しい事なんて全然俺にはないよ。お前はどうなんだ？〕菅原は何度も問いかけてみた。

その度にドン太は優しい眼差しで頭を振るだけだった。

文字で書けば「ノロエステ線」という立派な鉄道だが、その実、レールは大地にじかに敷かれ、その上を薪と石炭の岡蒸気（昔の日

ノロエステ線

本では汽車をこう呼んだ）が黒い煙を吐き散らしながらヨタヨタ進む。駅といってもプラット・フォームがある所は少なく、雨風を辛うじて防ぐ掘っ建て小屋が駅舎兼待合室、兼ホテル（無料）となっている。

菅原は線路に沿ってドン太を進めていた。ジャングルの道よりも線路の道の方が歩きやすいからだけの話だ。左右は深いジャングルのトンネルで、光る二本のレールの間に赤い土埃が立ち、その向こうの景色は蜃気楼《しんきろう》にゆらゆらゆれていた。

〔おやっ？〕と菅原は目を凝《こ》らせた。人影は菅原と同じ方向に歩いている様子だがなんとなく体が左右に揺れている。蜃気楼の故かと思ったが、近づくにつれて女だと判った。女は色も定かでない古いスカートに素足、上には木綿のシャツを着て、手にはマシェットを握っている。

女が菅原を振り向いた。マシェット（山刀）を握り直した女の黒い顔の目に怯《おび》えと哀願が同居している。

「アクア・ポルファボール……」女は水をくれと言っている。

菅原は黙ってピンガの瓶に詰めた水を手渡すと、女は油断なく横目に菅原を見ながら両手で喉を鳴らして流しこんだ。

「アンタ、日本の人じゃないですか？」

「えっ！」と女は絶句して、しげしげと菅原を見やった。顔中髭だらけの上、日焼けした黒い顔はブラジル人と変わらない。その男から流暢《りゅうちょう》な日本語を聞いたのだから女が驚くのは無理もない。

「そ、そうです。水野耕地の者ですがドクトール（医者）を捜しに町まで行きよる所です……」

女は言うなりしゃがみこんだ。足や臑《すね》に血が滲《にじ》んでいる。

「……ま、無駄な事じゃと、判ってはおるんじゃけど、何かしちょらんと、アタイの方が気が狂いそうで……」と言葉を続ける。夫の息が絶えたのが一昨日、そして近くの耕地の入植者を訪ねたがそこの家族も全滅の状態だったと言う。

「アタイはそんまま飛び出して、ここまで来てしもうたとです……」と女は溜め息をつくと群青の空を見上げた。涙も枯れた瞳の回りを蝿が飛び回っているが、それを追う気力すら失っている様子だった。

女の言うがままに踏み込んだジャングルの小径は次第に途切れ途切れとなり、暗緑色の怪物の口の中に進んでいくような気がした。空は消え、時折梢の辺りから降る木漏《こもれ》れ陽《び》がキラリと光っていたが、それも無くなると、もう辺りは黄昏が立ちこめている。

「この道に間違いありませんか？」と菅原の生まれた地方には男を誘って山奥に連れ込む恐ろしい山女の伝説がある。菅原は子供の頃に耳にした話しをふと思い出した。

女は無言でコックリしながら暗い目を森の奥に投げていた。

突然カンカンと鐘が鳴って菅原はギョッとして辺りを見回した。カン、カンカン、と音は梢から降るようでもあり、暗い森の奥から響いてくるようでもあった。

「……心配なかとですよ、あれは道案内のカンカン鳥ですよ」女は初めて口元を緩めてドン太の上から菅原を振り返った。

「カンカン鳥……ですか？」

「そうです。道に迷うと、案内してくれる鳥です」暗い森の中、先を行く女の臑が青白く浮かび、巨木に絡む蔦が鮮やかな赤や紫の花を咲かせている。カンカン鳥の声が消えると森は再び静寂をとり戻し、金色の羽を輝かせた大きな蝶が音もなく、ふわふわと暗がりに浮いていた。菅原はふとそこが現実ではない別の次元か、惑星に足を踏み入れたような錯覚にとらわれたいた。

原生林が切れると、樹木が疎《まば》らな再生林となり空が少しずつ明るくなる。

女は振り返ると菅原に向かって「もう直ぐです」と言いながらドン太の背中から飛び降り、両腕を高く上げて大きな伸びをした。黒い顔の表情は判らない。だが線路で会ってから半日にして初めて見せた彼女の人間らしい仕草に菅原はほっとした。

畑の向こうのジャングルの端に、しがみつくような掘っ立て小屋があり、空には無数のウルブ（禿げたか）が舞い、小屋の周囲にも黒い不吉な姿が見えた。

「この野郎！　失せろ……！　失せないかあ……」女はマシエットを振りながら走り出し、転んでは起きて走り、そして転んだまま声を上げて泣き出した。

背中が嗚咽《おえつ》の度に大きく揺れ、声は臓腑《ぞうふ》を絞るように悲痛に満ちている。「なんでだよ！　なんで俺達はこんな目に会わなきゃならないんだよ……」女は血のような赤い土を掴んでは投げていた。

菅原は黙々と薪を積み上げていた。小屋の中では女が懸命に夫の体をフトンに包み、針で縫い合わせている。死臭がひどい。

菅原は枯れ草を熊手で集める。カサッ、カサッと熊手の下で鳴る枯れ葉の音がひどく寂しい。菅原は枯れ葉を掬っては薪に投げ込んだが、ダビの経験のない彼には薪の量が判らない。幸いにも薪は豊富だったので一メートル程に積み上げた。

森は相変わらず静まり返っている。

菅原が抱えた布団に包まれた男の体は軽く、死臭が立ちのぼった。

「本当にご迷惑ばかけてすいません……なんだかアンタ様に会うたのも、こん人の手引きのような気がしましてのう……」女は夫の体に手を置きながら一方の手で涙を拭っている。その向こうの空が赤く染まり、森の中は一足早く夜の世界だ。

菅原は男の体を、積み上げた薪の上に横たえると女を振り返った。

女は黙って頷くと、その場に膝を折って座り、手を胸の前で合わせている。

石油を吸った薪はマッチを投げた瞬間にボンと音を立てて燃え上がり、女の読経の声が一際《ひときわ》高くあがる。ナンマイダア、ナンマイダア、ナンマイダア……。

菅原はロバの背中から自分の荷物をおろし、広げたシートに腰を下ろすとじっと燃える火を見つめた。

どんな夢があったのか判らない。だが、一つ確かなのは、この地に骨を埋めるつもりで来たのに違いない。その夢は大農場主になることだったのか、それとも日本の経済的支配者の搾取からの逃亡だったのだろうか？　いずれにせよ、遠い異国で彼は三十年の生涯を終えた。坊主もいない、弔問客《ちょうもん》もいない、通夜もない寂しい野辺の送りだが、彼にとって一人の最愛の妻が見送っている。自分の最後を見届け、送るのは誰なのだろう？　そして自分の人生は……？

清野イトは一心に念仏を唱えながら炎の中の夫を見守っていた。炎の向こうに横浜を立つ時の夫の精悍《せいかん》な横顔がある。〔こげん国におったら、いつまでたっても俺等は水飲み百姓じゃ。同じ百姓なら自分の働きに報いのある場所で思い切り働くことじゃ。俺はオマンが居るかぎり恐いもんは無か。オンサでもワニでも平気じゃ……〕と笑った夫の声が炎の向こうから聞こえて来る。

ナンマイダア、ナイマイダア……。と、目の前の夫の頭の辺りから突然、青白い炎が噴き出した。「あっ！　アンタア……行きなさるんか？　アンタア……アタイをこげな所に置いて行きなさるんか？」よろよろと立ち上がったイトは叫ぶなり炎の中に飛び込もうとした。「こら、止めなさい！　やめろ！」と叫んだ菅原はイトを羽交い締めにだき抱えた。

「アンタア、アンタア、アンタったらあ……」イトは絶叫しながら小さい体を菅原の胸の中で悶えさせ、どすっと薪が崩れ落ち、火の粉が飛び散って、やっとおとなしくなった。

ぱちぱちっと音を残した火の粉が空に上がっていく。その空はいつものように満天に星が輝く豪華な空だ。ヴアイ・ノン・ヴアイ・ヴアイ・ノン・ヴアイ………と蛙の鳴き声が森の彼方から聞こえ、吐く息が白くなった。ブラジルの夜は寒い。

翌日、萱原はイトの案内で七、八キロ離れた農園を訪れた。イトの言葉の通り、ここには親子三人の死体が折り重なるようにあり、腐敗よりも野鼠等に荒らされて目を覆う光景だった。気丈なイトは、てきぱきと書類等を纏めると萱原に家ごと燃やすようにと頼んで自分の小屋に帰って行った。

火が燃え上がるとドン太が首を上下に振りながら三人の非業の死を悼《いた》むように何回も鳴き、萱原も昨夜のイトに倣《なら》ってナンマイダア……と両手を合わせた。

「へーエ、この辺りもオンサ（黒豹）が出るんですか？」萱原はイトから渡された連発のライフル銃を手に、辺りをそっと見回した。小川のせせらぎが鳴っている。

「アタイは一度も目にした事はないんですが、この前、ここを通りかかったブラジル人が見たと言うもんですから……」イトの声が萱原の向こうに聞こえ、そして水が鳴った。

「いや、僕も一度もないんですよ。来る前にはオンサやワニ、ピラニヤの話は沢山耳にしたんですがね。あ、でも錦蛇は見ましたよ」萱原の投げた声の辺りの萱がかすかに揺れてイトの白い肩先と背中が見え、慌てて目を逸《そ》らせた。

「錦蛇は知りませんが、スクリーちゅう大きな水蛇はよう見かけます」

「……イトさん、大丈夫ですか？」萱原が慌てた。

「人間様には悪さはしないと聞いちょります」落ち着いた声のイトの全身が萱《かや》の向こうにあがった。水浴で、汚れた体を洗い流したイトの肌は白く、長い黒い洗い髪を胸に張りつかせたイトに菅原は母を見、姉を想い、日本の男の血の異様な昂《たか》ぶりに我を忘れて見入ってしまった。イトはそんな菅原を目にすると体をこわばらせ、はっと手で下腹を覆うと体を沈めた。萱が鳴って揺れている。

「菅原さん、そげん見よったら、アタイ困ります……」

「す、すいません」言いながら向けた背中に神経が集まっているのを意識しながら菅原は顔に流れる汗を拭った。

「あれっ、これは糠《ぬか》味噌の漬物じゃないですか？」菅原は頓狂な声で二十日大根を箸でつまんだ。

「みたいでしょ？　これはトーモロコシを挽いて粉にして作った糠なんです。こっちは甜菜《てんさい》。お米がポソポソだけど勘弁して下さい。あ、卵は新鮮ですよ」浴衣に着替えて団扇《うちわ》を使うイトを前にした菅原からブラジルが遠くなっている。

「僕、日本の食事をしたのは一年ぶりですよ。やはり美味しいなあ……」

「アタイ達も苦労しました。パンとコーヒーだけのブラジル式の朝食では、とても力が入らない……って主人がこぼしてました。ところで、菅原さん、アンタはこれからどこに行かれるん？」

「……さあ、自分でも未だ決めていないんですよ。まあ、いつか日本に帰るつもりなんですが、何時の事やら……」菅原は自嘲的に笑った。

「結婚はしないの？」イトの目が真っ直ぐに菅原に向いている。

「……食べられませんよ。定職があるわけじゃありませんし……」

「菅原さん……」

「はい？」

「あんた、もしかしたら……お尋ねもん？」イトが目に怯えを見せた。

「……そう見えますか？」沈黙が流れた。

「もし、そうなら……ここにいつまで居ってもいいのよ」言いながらイトは真っ赤になった。夫を亡くしたばかりの後家の言葉にしては、あまりにはしたない……という恥じらいの向こうにある自分の女の性《さが》を見たからだった。

「イトさん、出来るものなら、僕もそうしたいと思います。でも、僕には僕なりの人生の目的があるんです……」最後の米粒を箸でつまんで菅原は茶碗を置いた。

「人生……ね。それは、どんな？」

「……僕は、政治家になりたいんです。人々が皆平等に生きられる社会を日本に作るのが僕の夢なんですよ。これがある限り……僕は立ち止まる事ができないんです」

「……」イトは黙って立ち上がると外を覗いた。群青の空の下に、寄生虫を食べてくれる二羽の鳥を背中にとまらせたドン太が、のんびり草を食《は》み、昨夜の荼毘《だび》の跡から煙が薄く上がっていた。

それから三日があっという間に消えた。イトは燃え尽きた家の中から三人の骨を拾い集めると菅原の作った木箱に納めて夫のと並べ、米のメシを供えて思い出したように時々その前に座り込んでいた。

荒れ放題の畑の雑草をエンシャーダ（鍬《くわ》）を振るって掘り起こす。この時、根っ子ごと掘り起こさないと翌日にはもう芽が出る。水は五十メートル程先の小川から桶に入れて手押し車で運び畑に撒く。秋だというのに日中は暑く、夜になっても温度が下がらないことは珍しくない。

夕方になるとどこからか湧いたように蚊が襲って来る。

「菅原さん、今日はこの辺で止めましょ」イトははだけた胸の汗を手ぬぐいで拭きながら声をかけて一日が終わる。

昼から雲行きが怪しくなり、夕方になると雨が降り出した。一度、降り出すと滝のような水が空から落ちて来る。蚊を入れないように窓を締め切った小屋の中はまるで蒸し風呂のように暑い。

「こりゃひどい雨じゃ。菅原さん、こん雨じゃ外では寝られんでしょう、よかったら止むまで居って下さい。すぐマンマの支度しますから……」

屋根を叩く雨足が遠のくと、ジジジ……と石油ランプの芯の燃える音が耳につく。

茣蓙《ござ》の上に横になったイトは時折開いた浴衣の襟に団扇で風を送っていた。

二十才のイトの肌は狂おしい程燃えている。目の端の菅原はフンドシ一つの姿で何やらじっと考えこんでいる様子だが、時折投げてくる視線をイトは女の本能で知っていた。

夫も同じ格好でそこに座り、話が途切れると黙って手をイトの胸に差し込む。

〔最後は何時だったかしら……?〕何年も昔の事のような気もするが、よく指を折って数えてみればつい最近の事だった。

結婚して二年目になる夫婦だが、ブラジルにやって来てから夫は毎晩のようにイトを求めた。激しい労働に疲れ果てた……というのに夫はイトを求め〔肉体の疲れとここは違うぞ……〕と笑って抱き、それが習慣化してからはイトも夫の手を待ったものだ。

その夫が最初寒気を訴え、高熱が何日も続き、食欲がなくなった。すこし楽だと言っては畑に出たが長くは続かなかった。見る見る痩せ衰え、あばら骨の浮き出した体で熱にぜいぜい喘ぎながらもイトを求めた。時にはわずらわしい……と思った事もあったが、その夫を失った今のイトの肌は意地悪く燃えている。

凶々《まがまが》しい敵意を隠さない周囲の環境の中では、人々は寄り添い、男と女は互いを貪《むさぼ》り合う事で生命を見つめるのだろうか?　そうだとしたら、これから先は……。そっと菅原に背を向けたイトは、自然に自分の胸を抱きながら雨の音を聞いていた。

う……軽く呻いたイトが仰向けになった。

雨の音が次第に弱くなり菅原は二杯目のピンガをぐいと飲み干して傍らのイトに目をやった。

露になった白い肩先にランプの灯が映え、はだけた襟の奥の膨らみがひそかに息づき汗に濡れている。雨が小降りになり気温があがったようだ。

菅原は団扇を拾うと風を送り始めた。ふっと目を開いたイトは細い声で「すいませんねえ……」と気怠そうに呟きながら襟を押し広げた。

「なんとも暑いですね。ま、日本にもこんな夜はありますけど……」菅原は白いイトの胸から目を背けながら風を送るとキチチ……とトカゲが鳴いている。熱帯夜にはトカゲも眠れないのだろうか？

菅原に野良仕事から帰ったばかりの母や姉の肌を団扇であおいだ記憶が甦る。当時の日本では女性が上半身を露にする事はごく当たり前のことだった。授乳は街角や電車の中でも行われ、両肌《もろはだ》脱ぎの野良仕事も、全裸に近い海女や、鉱山の〝手元〟と呼ばれた女性達は日本の風俗であり、それを猥褻《わいせつ》と決めつける者の心の方が淫《みだ》らとされていた。当然、そんな環境、しかも地方で育ったイトに胸を隠す習慣はなく、無心にうっとりと涼を楽しんでいる。

雨が完全にあがって窓の外が明るくなっている。

「あら、雨は終わったんじゃろか？」イトは呟くと下駄をつっかけて外に出た。

外は虫の鳴き声に湧きたち、ヴアイ・ノン・ヴアイ……と蛙の合唱が、黒ぐろと横たわるジャングルの向こうから流れて来る。

「あんなん雨降るんじゃったら、畑の水撒きは無駄じゃったね」イトはクスクス笑った。菅原が初めて目にしたイトの笑顔だ。雲が流れている。その雲の切れ目から覗く空に星がキラキラ輝いていた。

「イトさん」菅原の声がひきつった。

「なに？」と振り向いたイトを引き寄せた菅原は唇を重ねた。一瞬、硬《こわ》ばったイトの体から次第に力が抜けると歯が開いて菅原の舌を許し、そして絡んだ。

菅原の胸に触れるイトの胸の先が冷たく心地良い。イトは呼吸を乱している。

菅原は体を沈めて膝を付き、浴衣を左右に割ると露になったイトの胸を吸った。

「アッ！」鋭い愉悦に頭をのけぞらせたイトは菅原の頭を両腕に抱え、イヤイヤをする子供のように頭を左右に振っている。「アア、菅原さん………」

ざらざらした菅原の髭が触れ、時にはチクチクと肌を刺す。その都度イトの胸から湧く愉悦は、まるで草原の野火のように体の隅々まで広がり、次第に理性と力を奪って、立っているのがやっとだった。

荒い息の菅原が乱暴にイトの浴衣を左右に割って開いた。当時の日本女性に下穿きを付ける習慣はない。イトの無防備の下半身が月の光りに白々と浮かびあがった。

「イトさん……」菅原がイトの腰を抱き締めたまま地面に膝をつき、胸から腹へと滑らせた口をイトの茂みに運んで強く押しつけた。

「アッ！」と叫ぶイトの膝の力ががくんと抜け、彼女は菅原の腕の中に崩れ落ちた。

ジジジ……と石油ランプが音を立てながら仄《ほの》かな灯りを投げる小屋の中には未だ熱気がこもっている。その中に横たわるイトの体は帯だけを残した全裸の姿だ。

イトは菅原の知る外国の女性とは全く違う小柄な白い日本の女性だ。優しさは体のどこにでもあふれ、特に毛深い外人の猛々しい密林を思わせるデルタに比べ、イトのそれは頼りない春に萌《も》える若草、そしてかすかに覗く小径は幸せを約束している。

「イトさん！」思わず声が菅原の口を衝いて出た。

「？……」イトのあげた目が菅原と絡む、するとイトは両手で顔を覆って恥じらう。

菅原が帯に手をかけるとイトが軽く腰を上げ、帯はシュッと鳴って菅原の手に残った。

ジジジ……と燃えるランプの向こうから野鳥の鳴き声が聞こえてくる。

菅原は自分を虜にした清野イトに見入っている。そのイトは菅原の目の下で虫ピンで刺された標本の昆虫のように、かすかに悶えている。

「イトさん……」かすれた声の菅原がイトの細い膝頭に手をかけた。イトは一度、頷いて顔を横に向け、目を閉じると自分から膝を開いた。

菅原が静かに自分の物をイトの密かな所にあてがう。その途端に「あう……」と軽く呻いたイトが菅原の肩に爪を立てて白い喉を見せた。

「…………イトさん、僕はアンタが好きだったんだ……」熱にうなされたように菅原が体を奥に進め、充分に濡れたイトの体が菅原を収めて二人は一つになった。

「菅原さん……あ～！」「イ、イトさん、愛してるよ。君がかわいい！」

もう野鳥の囀りもトカゲの鳴き声も二人の耳には入らない。荒い息と喜悦に悶える声だけが暗い天井に跳ね返って床に落ちてくる。

次第に床の鳴る音が激しくなり、イトの口から漏れる愉悦の声が言葉になった。

「……アンタア、アタイを許してえ……アタイを置いて行ったアンタが悪いんじゃ」

菅原の目に、じっと夫の骨箱を見つめながら揺れるイトの姿があった。


菅原の昂りが潮のように引くと理性が戻って来る。ゆっくり体を離した菅原の男の部分だけが行き場を失った悲しみにピクピクと頭を振り、やがて諦めたようにうなだれるとランプの燃える音が高くなった。

のろのろと体を起こしたイトが髪を手で撫でつけ、窓から斜めに差し込む青白い月の光がイトのシルエットを描いていた。菅原はそんなイトを美しいと思った。

イトは無言で首をうなだれて座り、時が流れた。

「菅原さん……」イトの体がすこし動いて細い声が床に落ちた。

「？……」あぐらを掻いた菅原はピンガの瓶を手にイトの言葉を待った。

「……御免なさい」イトは深々と頭を下げた。

「イトさん、あんたが謝ることはない、謝るのは僕の方ですよ。いかに、あんたが好きで欲しかったにしても、今はその時では無かったんだ。それを、浅ましくも忘れた僕はあんたにもご主人にも合わす顔がない……」菅原はピンガを置いた。

「アタイにとっても、その言葉は耳が痛い。今こんな事を言うたらいけんのは分かってますが、一年……いいえ、半年だけ待って下さい。そしたら主人もきっと許してくれると思います」

「……イトさん。僕は明日の朝にここを発ちます」

「えっ、そんなのイヤですよ、イヤ、イヤじゃ！　なんでアタイはこんな目にばかし合うの？菅原さん、教えて……」

菅原は心を鬼にして立ち上がると外に出た。黒いジャングルの上に懸かる半月の青い光の中でドン太がひっそり影を落として立っている。

「ドン太、またジプシーになるぞ！」その声を聞いたのだろうか、小屋の中からイトの悲痛な嗚咽が聞こえ、菅原は耳を押さえて自らの運命を呪った。

〈清野イト様。貴女は本当に不幸な星の下に生まれたような気がして同情に耐えません。その不幸な貴女を僕はもっと不幸にしてしまった。僕は心の底から貴女を愛して求めています。ですが自分の愛する者に幸せを与えられない男の惨めさを考えて下さい。

僕はこの数日、自分の理想を投げ捨て、貴女との将来を考えてみました。甘い温もりに満ちた夢でした。ですが、僕は貴女の言うお尋ね者です。

もう一つ、貴女の人生は大地に始まり、大地に実を結ぶものなのです。僕の実家も岩手の農家ですのでよく知っています。ですが、僕の選んだ人生は大衆の幸せの追求なのです。貴女は必死に自分の人生に取り組んでいます。その一方、僕は全力をあげて自分の人生と目的に取り組んでいるか……と問われれば答えは否定的です。実のところ何もしていない逃避だけなのです。僕なりの人生の追求もしないで今、立ち止まる事は出来ないのです。

勿論、僕は一歩でも二歩でも自分の理想に近付く努力をする積もりです。その結果の是非は僕には分かりません。このように未来が不確実な僕に比べて、貴女の人生は、たとえ今現在が暗くても未来に約束があります。

僕がここにいる限り、貴女にも僕にも平和は無いと知りました。貴女はこの大地を開き、実りを求めてやって来た……のに引き換え、僕は日本に帰り自分の運動を進める道を選んでいます。貴女も僕も、もう後戻りはできません。

イトさん、僕が慕い、求めて愛したのは貴女だけです。その気持ちは生涯変わる事はないでしょう。いつか僕はここに戻ります。もしその時に貴女が独りならば、僕は貴女を妻に求め、すでに人の妻であれば生涯の友になりたいと希望しています。貴女から戴いた愛は僕の勇気の糧《かて》として進みます。

誠意と愛をこめて……

菅原和夫〕

菅原は暗いランプの灯でしたためた手紙を戸口に置いてコルションに横になった。
雲がきれいに無くなった空は何回見ても豪華だ。
ヴァイ・ノン・ヴァイ・ヴァイ・ノン・ヴァイ……蛙が歌っている。菅原は小屋に目をやり
〔お休みイトさん！〕と心で呟いた。

ブラジルの朝は早起き鳥、アラポンガの鳴き声から始まる。未だ黎明の訪れもない霧に霞む暗い森の中からマーナ・ガラコ、マーナ・ガラコ……と声が上がるのをきっかけにアラポンガの一族郎党、親戚に家族、全ての仲間が唱和を始め、ガラコガラコガラコと森全体が騒然と鳴き声に揺れ、大地を低く這う霧にさえぎられ、ドン太も畑も今朝は見えない。

人の気配に振り返った菅原の目にカンテラを下げたイトの姿があった。

「おはようございます……」イトは目を伏せて挨拶をすると、話があると言う。

イトは昨夜と同じ浴衣姿だが、きちんと帯を堅く結び、髪を束ねて正座する彼女の姿から昨夜の乱れは想像もできない。

「これ日本から持って来た古いお茶ですが……」と勧め「昨夜はすっかり取り乱して、えらい迷惑をかけました」と襟元を掻き合わせて頬を赤く染めた。イトは決して美人ではない、だが百姓の女にしてはどこかに楚々とした奥行きと女らしい恥じらいが匂っている。

「いやあ、僕の方こそ……」菅原は眩しそうにイトに目をやって頭を掻いた。

話というのは、以前に頼んでいたカマラード（農夫）が昨日来る予定だったが、今日には必ず来る。その時の交渉を頼みたいと言うのだった。

「なんだ、イトさん恐い顔をしているから、何の話かと心配しちゃった」菅原は白い歯を見せると茶を啜《すす》った。

「それから、これを貰って下さい」イトは畳んだ三つ揃いの背広と中折れ帽、靴と拳銃を差し出し「思い出があるので家に置きたくないんです。さ、試して……」

靴だけが大き過ぎたが後は誂《あつら》えたようにぴったり合った。

「わ～よく似合う！　それでピストル付けたら立派なパトロン（農園主）じゃわ」

「そうですかあ？　なんだか偉くなったような気がするよイトさん。本当に貰ってもいいのかなあ……」

「もう一つアタイの我が儘を聞いて下さい」

「？……」

「カマラードが来たら、アタイはサンパウロの領事館に行って手続きをしたいんです」

「イトさん、手伝いたいが僕は領事館には行けないんだよ」

「最後まで聞いてよ菅原さん。アタイのお願いは、菅原さんがここを発つのは、アタイの留守の時にして貰いたいの。もう……大切な人を見送るのは嫌じゃ……」と俯《うつむ》くイトの後ろの窓が明るくなり、ブラジルの朝の訪れが始まった。

ドン太が短い首を伸ばして眺める方角から馬車がやって来た。ロドリゲスと名乗る五十がらみの男は帽子を取ると恭々《うやうや》しく頭を下げ、二人の息子と娘、自分の妻を紹介した。

屈強な男三人と女二人はしばらく荒れ果てた農園を見て歩き、戻って来ると早速に交渉に入った。労務契約は給金無しの収穫の半々という事で決まった。数十エーカーの農地で上がる収穫の半分……と聞いたロドリゲスは喜色を満面に見せ、早速に準備にとりかかったが、その手際のよさにイトは驚いた。

乗って来た馬車はそのまま息子達の寝場所となり、女は薪を集め、男達はヤシの樹を切り倒して見る見る小屋が出来ていく。トントンと金槌の音が響き、窓に茣蓙《ござ》が下がって五時間もしない内に忽然と小屋が生まれた。女達が水瓶を頭に乗せ、手にバケツを持って川から水を運んでいる。その間、彼等はまるでアラポンガのように、ずっと喋《しゃべ》るか歌を唄っている。

最後の食事と思うと、どうしても沈み勝ちだ。ロドリゲス一家の明るい笑い声が風に乗って流れて来る。「ご馳走様でした」と外に出た菅原の後を追いイトの下駄が後ろに鳴って菅原は振り向いた。満天に星が輝いている。

「すこし歩こうか？」菅原が手を差し出すとイトが嬉しそうに手を握ってくる。

「あっ、大きな流れ星だ。イトさん見た?」

「え、どこ? 見えなかったけど、今度アタイが見たら、菅原さんにまた会えますようにってお願いするわ」

「会えるさ」

「そうじゃったね。今度、会う時、アタイが独りじゃったらお嫁さんにしてくれるんじゃったね、ああ、待ち遠しいわ。でも……縁ものじゃから、分からんけど、アタイもずっと独りで居る分けにもいかんし……そうじゃ、アタイは一年だけ菅原さんをここで待つわ」

「たったの一年しか待ってくれないの?」

「いいえ、約束してくれるんならアタイは何年でも待ってます。菅原さん、約束して!」イトは菅原の胸に顔を埋めた。「……イトさん、それを言わないで下さい……」菅原は悲痛な声で言うと先に立って歩き出した。

ジャングルの端に来て振り向くと、星空の下にロドリゲスの小屋と馬車、そしてイトの家の灯りが目に入った。

「イトさん、今夜は灯りが三つも点いている。今度来る時は沢山の灯りが点いているんじゃないだろうか」

「そうかもなあ……。アタイも一生懸命に頑張りますけど……あん人に、こんなん見せてやりたかった。ほんと、もう少しというところだったのに……」

「マレタは恐ろしい伝染病だ、でもロドリゲスが言ったように脂肪を沢山取る事と、夕暮れに出る蚊に気をつける事。それからキニーネという薬を忘れなければ大丈夫ですよ。ちょっと遅かったけど……」

「本当に奇麗な空じゃ……。うちの人は、どの星に行きよったんじゃろか？」と見上げるイトの目にも星が宿り、明るいロドリゲス一家の笑い声が野面に流れていく。

「わっ！」と叫んだイトが菅原にしがみついた。見ると濃い闇のジャングルの中を長い光の帯が静かに動いている。軽く三十メートルを越える光り輝く帯は木々の間を縫うように高く低く飛びまわり、周囲の樹木がその光に浮かんだり消えたりしている。

イトは菅原の背に隠れて震えている。

やがて森から飛び出した光の帯は一度高く暗い空に舞い上がると反転して畑の上に輪を描くように低く飛び、それからイトの小屋の上を三度回って空の星に溶け込んだ。

「イトさん大丈夫ですよ。あれはルシエルナガという発光体の昆虫なんですよ。蛍はお尻が光るけど、あの昆虫は目から強い光を出して飛ぶんだ。僕も最初に見た時は肝を潰す程驚いたもんだ」

「ま、なんだ……虫なの？　このブラジルは変な物が沢山居るのよね。アタイはパラソルさして歩きよる蟻んこ見たわ」

「ああ、サウーバって言う、葉切り蟻だよ。なんでも、自分で茸《きのこ》を作っているんだそうだ」イトの抱かれた肩の震えは止まっていた。

「そんなよかったけど、さっきは星になったうちの人が仲間を連れて来たんかと思ってアタイは恐かったわ」

「そうだよイトさん。きっとイトさんに頑張っておくれと励ましに来たんだよ」

次の朝、イトは胴のくびれた長い腰高のドレスに小さな体を包み、シャッポを被ってロドリゲスの馬車に乗り込んだ。「イトさん、まるでフランス人形のように可愛いよ」菅原はブラジル人がやるようにイトの頰に接吻を贈って手を振った。

「それじゃ、アタイ行きます……」とイトは手を振った。この時イトはどうしても左様なら……とは言えなかったのだ。

パッカ、パッカ……と無情に蹄の音が遠ざかり、やがて密林の中にイトの姿が消え、菅原の目に初めて涙があふれ出した。

この日、明治四十三年（一九一〇年）五月二十五日、菅原の同志、宮下太吉が爆発物製造の罪で逮捕され、次いで幸徳秋水以下数十名の社会主義者が捕えられた。彼等は翌年の一月十八日に死刑の判決を受け、その一週間後に刑場の露と消えて大逆事件は幕を降ろすが、神ならぬ身の菅原にそれを知る術はなかった。

この日を境に清野イトと菅原和夫がこの世で会う事は二度となかった。

夢や希望、そして密林の奥にひっそり咲いた清野イトと菅原和夫の恋を知るのは、あの絢爛たるブラジルの夜の星達だけなのだ。

今、もしここに菅原和夫が居れば、ぐいとピンガを飲み干して「だから、ブラジルの空はぁんなに奇麗なのさ……」というのではないだろうか……。

ノロエステ線

日曜日や祭日は菅原にとっての掻き入れの日だ。教会やどこの町にもあるプラザの一角にシートを広げて竹トンボや弓鉄砲を並べて客を待つ。

飴屋、傘屋、いかさま賭博、人形芝居、スコ（ジュース）、バナナやマモン（マンゴ）を売る店、農具に金物、種と肥料、馬具の店、靴屋に衣料品とありとあらゆる店が群青の空の下にずらりと並び、今で言う蚤の市だ。

「トンボ！　トンボ！　空駈けるトンボだよ。一個たったの五百レースだよ！」

両手で回転をつけ、掛け声をかけポンと弾みをつけて空に放つ。トンボは勢いよく舞い上がり、ちょっとためらってから横に流れて落ちて来る。

菅原は羽に色をつけて見た。黄色、赤、青、白……。だが、一番売れるのは赤で、白は見向きもされない。

「これは安全鉄砲だ。弾はこのマンジョーカだ」簡単な竹の弓だが矢は飛ばず、先に刺した角切りのマンジョーカだけがパンと音を残して十五メートル程飛んでいく。

「クワント・クスト（幾ら）？」子供が寄って来る。

「鉄砲は八百レース、ガブリエル様がここの子供はみんな良い子供だから、鉄砲とトンボのセットで一ミルにしろとおっしゃった。だから、たったの一ミルでトンボと鉄砲の大サービスだよ。これを買わなきゃキリスト様が怒るよ！」

こんな調子で祭日には百個程売るのは雑作もない。ホテル代は二ミル程度で床屋が八百レース、メシをたらふく食ってピンガを呑んでも五ミルでおつりが来る。

材料代は一切かからない。ジャングルのどこにでもカリソ（竹）は生え、そこに張ったテントが菅原の住宅兼工房になる。その上、ブラジルの東岸は暖かいブラジル暖流のお陰で熱帯だからドン太の食べ物の草も果実も無尽蔵だ。

貯金が出来そうだが金はあまり残らない。理由は清野イトに貰った拳銃の弾代だ。それはアメリカのS・Wというメーカーの六連発回転弾倉を持つ銃身四インチ、黒光りするゴムのグリップの付いた一九〇五年式リボルバーだった。

最初に撃った時は轟音と共にジャングルの鳥が一斉に飛び立って菅原は腰を抜かす程驚いた。勿論弾痕不明の結果に終わったが、なにくそとばかり持ち前の負けん気で撃ちまくる内になんとか当たるようになったが、一箱五十発の弾はあっけなく消えてしまった。

輸入品の弾は高い。それでも菅原は竹細工で稼いだ金を惜しみなくつぎ込んで撃ち続けた結果、二十メートル程先のマンゴの実を外す事の無い腕前になった。

抜きやすいホルスターも手に入れた菅原は早抜きに専念し、竹トンボを飛ばして、空中で確実に捉える腕前になっていた。

ダン、ダン、ダダン……菅原は、無心に撃つ銃声がジャングルに吸い込まれる時だけ、清野イトの白い笑顔と肌を忘れた。

年が明治四十四年（一九一一年）となって世界は時間と競うように色々な変化があり、日本も菅原の知る日本ではなくなりつつあった。

この年、一月二十四日の寒い朝、幸徳秋水と十二名の同志が絞首刑に処せられ、東京では帝国劇場が華々しくこけら落としを行った。国際的には日本居留民を虐殺した支那に帝国陸軍が兵を送り、東京では市電の労使交渉がこじれてストライキが起こった。この騒然とした社会の中で故人となった幸徳秋水のキリスト抹殺論と講談クラブが発刊され、前年に鬼籍に入ったトルストイの追悼会が日本の各地で開かれていた。

変わらないのは菅原の生活だった。相変わらず竹細工を作っては売りに歩き、拳銃を撃ちながらピンガに清野イトを忘れようとしていた。

「あらあ、竹トンボじゃない。ケンちゃん来てごらんなさい！」足首までの長いスカートに涼しげな絹のブラウス、ストロー・ハットを斜めに被った日本人の若い女がしゃがんでいる。綿飴を持って走りよった少年が「あれえ、本当だ。ね、買って買って……」と跳びはねている。

「クスタ？」と女が顔をあげた。色白の小さな顔は清野イトに似ている。違うのは、やや大きい体格と令嬢風の服装で、指にはキラキラ指輪が光っていた。

「エステ、五百レース」菅原がブラジル語で答えると女は指で数え「ドイチ・パルファボール。二つ頂戴」と一ミルを差し出した。

「どの色にします？」思わず菅原の口から日本語が飛び出した。

「えっ？」女の目が開き、すぐに口元をほころばせると「な〜んだ、日本の人？」

その女の後ろに白いセビロにパナマを被った中年の紳士が立ち「おや、これは珍しいな、ここで日本の竹トンボを見ようとは思わなかったな。そうだ、コロニアの子供達の土産に百個程貰おうか……なあ、ケイコ？」

「それは、お父さま良い考えですわ」

「あのう、そんなに有りませんが、一日戴ければ作りますすけど……」

「あ、それで結構。ここに送って下さい」紳士の差し出した名刺はこの辺でも有名な大きなイギリス人の農園だった。

「あ、ここは知っていますので、僕がお届けに上がります」

流石に大きい。メインゲートを潜《くぐ》って二十分歩いても未だジャングルの道だ。ポコポコと歩くドン太の背中に積んだ竹トンボがカサカサと鳴っている。突然ジャングルが切れると目の前に芝生が現れその向こうに二階建ての石作りの館と、盛んに水を吹き上げる鶴の噴水が見えた。

菅原は館の裏口のドアをノックすると取り次ぎをネグラのメイドに頼んだ。

「あら、持って来てくれたのね。子供たちに話したので待っていたのよ。一緒に配りに行きましょうよ。ところで君の名前は何て言うの？」二十才そこそこの娘に君と呼ばれてムッとしたが、自分の姿を見れば農夫と変わりはない。

「ゴンザです」菅原は憮然《ぶぜん》として答え代金を受け取った。

このコロニアは、多くの分耕地がありケイコの運転する車でも半日がかかってしまった。ケイコの話によると彼女の父が農園経営に強い関心を持ち、この農園の一部を買い取る交渉に来たという事だった。

「君はここに長いのなら、何でも分かっているでしょ？」白い乗馬服に赤のバンダナを首に巻いたケイコは巧みにハンドルを繰りながらジャングルの暗い道を進む。

「長いと言っても、ほんの二年程ですけど……」

「君もお百姓さん？」

「いいえ、百姓にもなれない半端者ですよ」車がカーブに差しかかると竹トンボが袋の中で鳴った。

「そうよね、お百姓さんの言葉じゃないものね」ケイコは菅原の横顔に目を走らせた。

コロノ達は慇懃《いんぎん》に帽子を脱いでケイコに挨拶を送る。色の浅黒いブラジル人、イタリア、黒人、ブロンドのヨーロッパ人が忙しく働いている。ケイコは挨拶も返さず前を向いたままで、菅原の方が慌てて手を振る始末だ。竹トンボはグループのイギリス人の監督に手渡される。

「アタシもう、ここにうんざりしてるの。早く東京に帰りたいわ」問わず語りのケイコは東京生まれで、都会の喧騒がなければ生きられないと言う。

「スリルが無いのよ。毎日が単調で埃っぽくて……。コロノの人達は無教養のお馬鹿さんばっかりで、ろくに話も出来ないんだから嫌になるわ。何が楽しくて生きているのかとアタシ不思議で仕方がないのよ。君知ってるのなら教えてくれない？」

菅原の頭の中に夫をマラリアに奪われながらも、必死に自分のコロニアに取り組んでいる清野イトの姿が浮かんだ。

「さあ、それは主観の差があるから何とも言えないんじゃないかなあ……」

「主観の差ですって……？」

「そうですよ、わかり易く言えば価値観が違うんだ。例えば貴女は都会が好きだ……が、それが嫌いな人だっている筈ですからね」

「……君はどうなの？」ケイコは一面に白い花の咲き乱れる湿地帯の手前に車を止めてサイド・ブレーキを引いた。

湿地の水面の切れ間に群青の空が落ち、数千の白い花が風にそよいでいる。

菅原はじっとそれを見つめ、しばらく考えこんでから顔をあげた。

「これ、美しい景色だと思いませんか？」

「……確かに奇麗よね。だけど、こんなのどこにでもある風景じゃなくて」

「そうかなあ……」菅原は腰のベルトから拳銃を抜き出して空に向け、驚いたケイコがキャッと悲鳴を上げるのと同時に銃が火を吹いた。

銃声が鳴ると同時に今まで一面に咲いていた何千もの白い花が一斉に空中に舞い上がると激しく乱舞を始めた。

「あらっ！　あれ……？」吹雪のように舞っていた花は銃声が密林に吸い込まれると静かに音もなく次から次へと舞い降り、再び白い花の咲き乱れる湿原が目の前に生まれて何事もなかったように風にそよいでいる。

ケイコは目の前の光景が信じられないのだろう、無言で見つめている。

「ふ……種を明かせば蝶なんですよ。ただ、僕は目に見えない部分にも何かがある事を貴女に分かって貰いたかっただけなんですよ。驚かせて悪かったね」

「ううん、良いのよ。ああ言う驚きは大歓迎だわ。ねえ、今夜は食事を一緒にしましょうよ。毎晩、お父様にイギリス人のオジ様やオバ様達との食事でうんざりしてた所なの、お願い！」

「でもなあ、僕はテーブル・マナーが分からないんですよ」

「心配なしよ。アタシのする通りにして。ああ、今夜のお食事は楽しくなるわ」ケイコの笑顔にイトが重なって菅原はつい頷いてしまった。


農園主である初老の夫妻と、ケイコの両親と、総勢六人の食事に菅原は閉口した。食事が済むとベランダでお茶の時間になった。ケイコの父親は葉巻を離さず、イギリス人はブランデーのスニフターを握ったままで話が進んでいる。

「ゴンザさん、見直しましたわ。そうして三つ揃いのセビロを着ている所は、とても竹トンボ職人に見えなくてよ。髯もお剃りになったのね、五歳は若くなったわ」

「いやあ、こう言う堅苦しいのは苦手なんですが……」少しテレた菅原は生まれて初めてのブランデーを舐めた。たしかにピンガよりも味は良い。

先刻から視線をチラチラ投げていた赤ら顔の農園主が菅原に顔を向けた。

「So,you are the master of bamboo artist. なるほど、貴君が竹細工の名手という訳ですな」とブランデーを目の高さに掲げて敬意を表している。

「ザッツ・アイ・ドント・ノウ。ただ、皆に喜んで貰おうと作っているだけです」

菅原は当たり障りのない返事を返した。

「それは結構ですな。貴兄のご活躍はモリソン君から耳にしていますが、その後もお続けになっていますかな？」冷たい目に警戒がかすかに光っている。

「ジャスト・モーメント。活躍……とはどう言う事ですの？」ケイコが口をはさんで菅原に向かうと「ゴンザさん、貴方はいったい何者なの？」菅原はとっさに言葉が出ない。

「ミス・ケイコ、この青年は、このノロエステ線の沿線の農園主なら誰でも知っている革命家なんですよ。別の言い方をすればソシアリストですかな……」

「……貴方は、社会主義者なの？」

「イエス・アイ・アム・ソシアリスト。ですが今は休業中なんです。社会主義者では食べられませんからね」菅原は苦笑いだ。

「トンボ君、我々は貴兄がこのノロエステ線の沿線に居る事に重大な関心を寄せているのですが、その理由をこの機会に話して戴けませんかな」言われて菅原ははっと気がついた。この辺りに自分が居るのは主義思想の為ではなく清野イトへの想いだった。

一年は待つ……と言った彼女の約束の一年はとうに過ぎている。

そんな事情を知らないイギリス人の農園主の社会では菅原への警戒を解かず、不気味な存在として眺めていたのだ。

「別に特別な理由はありません。ただ、あまりに暮らし易いので、ずるずると居てしまいました。このようにおっしゃられては僕も居続けるわけにはいきますまい。近い内にここを出て山賊にでもなりますかな……」

「は……山賊ですか？ それもよいでしょうが、貴君のように教育があって語学も達者な方が山賊とは勿体ないではありませんか。もし、よければ貴君の就職のお世話も考えますが……」イギリス人の手の中でブランデーの氷が鳴っている。

「折角ですが、あまりにも自由が長すぎて、もう社会運動も出来ないバガブンド（ルンペン）になってしまいました。やはり山賊が適当ですよ」と菅原は笑った。イギリス人の警戒は消えたがケイコの父親に飛び火している。

外のバルコニーに出るとケイコが追って来た。星空の下のジャングルを背中に並ぶコロノの家々に点る灯りが小さな幸せを語っている。

「ゴンザさん、貴方本当に山賊になるの？」ケイコがドレスの体を擦り寄せてきた。

「……どうして？」

「アタシも連れてって！」

「山賊のカミさんになるって言うの？」

「そうよ。ビゼーのカルメン知ってるでしょ？ 最初がガルシアという山賊の頭領で次がホセよ。

情熱のカルメン……あんなスリルのある生活にアタシずっと憧れていたの。ね、連れてって、アタシ少しお金持ってるのよ」

「ケイコさん」

「なあに？　恐い顔をして……」

「あそこの家を見てごらん」と菅原はコロノ達の家を指差した。

「お百姓さんの家じゃない？」

「そうだよ。僕は本当の幸せなんて、あんな小さな所にあるように思うんだ」

「いやあよ、冗談じゃないわ。ねゴンザ君、アタシ後で脱走して来るから、もっとお話しを聞かせて。あの、小さなお馬さんの所のテントでしょ？」

「馬じゃありませんよ。あれはロバですよ」

「それでは後でね……」と囁き、それから大声で「See you tomorrow!」と白い蝶のようにドレスを翻《ひるがえ》して背を見せた。


ヴァイ・ノン・ヴァイ……毎晩聞き慣れたカエルの合唱が聞こえる。

「後でね……」と囁いたケイコの声が残る菅原の耳に、今夜の蛙の合唱は、なにか新鮮に聞こえて空を仰いだ。

ふと菅原はケイコによって清野イトが忘れられるような気がする。

〔そうなんだ……僕がこのノロエステの沿線から離れられなかったのは、イトさんの呪縛だったのだ。男らしく彼女を忘れ、僕の新しい人生を考える時期は今だ。明日にでもここを離れてどこか遠くに行こう……〕そう決心を固めると、憑き物が落ちたように菅原の心が軽くなった。

キーッ！　キ～ッとジャングルに鳴き声があがると夜の野鳥が一斉に喧《かしま》しく鳴きだして、犬が吠え、気温が下がったのか菅原の吐く息が白く流れる。

〔待てよ、本当にあの娘《こ》は来るのだろうか？〕

菅原は夕食の礼を丁寧に英語で述べると足早に自分のテントに向かって歩きだした。

窮屈なネクタイを放り出し、ピンガを喉に流し込むとほっとする。毛布を二枚広げてごろりと横になる。開け放したテントの入口から流れ込む青白い星明かりが幻想的だ。

向こうに見えるコロノの灯りの数が減っていた。イトさんも今頃は昼間の作業で疲れて眠っているのだろう……と思うと、貧しい掘っ建て小屋の床で見せた全裸の白いイトの体が瞼に甦る。

菅原はピンガを喉に流し込む、すると強い酒精《アルコール》にかすかな痛みが胃の底に起きた。

「もう、あの子ったら、なかなか眠らないでイヤになっちゃった」裾の長い白いネグリジェのケイコが星明かりの中で口を尖らせて横に座った。両親の居ない所でのケイコの話し方は平たくなっている。

「アタシね、水を飲むフリしてキッチンのドアから逃げ出して来ちゃった。ねえ、山賊のお話をして……」言いながらピンガを口に含んだケイコは見る見る顔をしかめると

「なーにこれ？　ガソリンじゃないの」と外に吐き出しゲへ、ゲへと咳《せ》き込んだ。

「しょうがない娘だな。ピンガって言う砂糖黍《きび》で作る酒だよ。慣れればウマイ」

菅原は咳き込むケイコの背中をさすった。薄い絹の下の若い日本娘の肌が心地良い。

「フーン、これがテントか……狭いのね」ケイコは珍しそうに眺めている。

「独りのジプシーなら充分だよ」森が静かになっている。

「ね、散歩しない？」ケイコはもう立ち上がっている。

菅原が体を屈めて外に出ると「アタシ裸足よ。オンブして……」と背中に這いあがる。

「うわあ重たいなあ……」

「うそ！　あたし九貫匁（約34kg）しかないんだから……」菅原の首に腕を回して言うケイコの息に歯みがき粉が匂っている。

「これじゃ、歩きにくいよ。ドン太に乗ろうか？」

「あの変てこな馬？」

菅原はロバの背に毛布にくるんだケイコを跨《また》がらせた。たくし上げたネグリジェの裾からこぼれる膝頭に星が光っている。

「ね、山賊って、こうやって山や野原を移動するのね」ケイコはご機嫌だ。

「さあね、僕は山賊じゃないけど、たしかに、こうやって歩いているよ」

「いいなあロマンチックで。こんな奇麗な星を見ながら馬に揺られて行くなんて最高の気分じゃなくて?」

「僕はね。でも君は都会が好きで埃っぽいのは嫌なんだろ?」

「うん、たしかにそうだったけど……ちょっと心境が変わったみたい」ドン太の背の上のケイコは空を仰いで溜め息をついた。

ヴァイ・ノン・ヴァイ・ノン・ヴァイ……と蛙が鳴いている。

コーヒー畑が切れると小川が流れ込む椰子の樹に囲まれた小さな湖に出る。真っ黒な水面に満天に輝く星が落ち、そよ風にかすかに揺れていた。

ピーッ、ピー、ピーと笛のような鳴き声の蛙に混じってブオーウッ……と太い声で鳴くのはブル・フロッグと呼ぶ食用蛙の一種だ。

「アタシ、こんなに良い所だとは知らなかったわ」ケイコはひらりとドン太の背中から飛び降りると毛布を敷いて座り込んだ。

毛布に膝を抱えて座ったケイコが手でポンポンと毛布を叩き「ゴンザ君、遠慮しないでここに座りなさいよ」と声を投げた。ブルジョアの高慢な態度が菅原の神経に障ったが黙って彼女の隣に腰を下ろした。

薄い絹のネグリジェ一枚の彼女の二つの胸の先端が星明りに黒い影を作っている。

「ねえ、あの光ってるの何？」ケイコが顎で指した椰子の根元に長さ四、五センチの暗紅色の光が動いている。

「あれはニーナ・クロって言う芋虫に似た昆虫だよ」

「ニーナ・クロウですって。なんだかバレリーナの名前みたいね」ケイコはくすくすと笑っている。

「ニーナはケチュア族の言葉では光、クロは虫という意味なんだそうだ。夜になると出て来るおかなしな虫だよ。他にもヘッドライトみたいに目から光を出して飛ぶルシエルナガという昆虫もいる」ふと菅原はイトを想い出した。

「変なものが多いのね。アタシ虫は嫌いなの」ケイコが顔をしかめている。

「おやおや、埃は嫌だ、百姓は大嫌い、労働もだめ、虫は嫌い、その癖、山賊になりたいと言う君のその矛盾は到底分からないね」菅原は憮然《ぶぜん》としてタバコを取り出しマッチを擦った。両腕を後ろについて体を支えたケイコは黙って空を見上げて時間が流れた。

「ゴンザ君が、もし本当に山賊……になるのなら、ケイコはついて行くわよ」小さな低い声がケイコの口から漏れた。

「？……」

「何の不自由もない深窓のアタシが何を言ってるのかと馬鹿にしてるのは分かっているけど、あたしにはそれなりの理由があるのよ」ケイコは体を捩《ね》じって顔を向けた。

悲し気なその表情は以前にイトにあったのと同じだ。

ニーナ・クロは巣に戻ったのだろうか、椰子の根元には闇がたたずんでいる。

「アタシね、出戻りなの。父の再婚で母は二度目、だから弟は腹違い……」菅原は手を振ると
「いいよ、そんな話は僕には無縁だよ」とタバコを投げ捨てると水面の星が揺れた。

ケイコは菅原を無視して言葉を続ける。

「親同志で決めた結婚なんて駄目だったの。で、アタシ逃げ出したのよ。でも、家に戻っても母とは気まずくなるし……。父は父でまた結婚を勧める有り様なのよ。アタシなんか置物みたいに、あっちに置き、こっちの壁にかけるだけの望月家の資産の一つなんだわ」言葉を切ったケイコは仰向けになって空を見つめている。

星明かりに浮かぶ、傲慢も高慢も消えたケイコの顔は途方にくれた少女のように目尻にうっすら涙すら貯めていた。

「……寒くないのか?」

「うん、ちょっと寒くなったわね……」毛布の裾に足を包んでいる彼女の背中に回った菅原は後ろから抱きかかえた。

「あ……暖かくていい気持ち。人の温もりを感じたのはアタシ生まれて初めてだわ」ケイコは菅原の腕の中で目を閉じた。

「人って見かけじゃ分からない悩みがあるもんだなあ……」菅原はつぶやいた。

「そうでしょ？　今日、アタシに表面だけ見るなって教えてくれた癖に、本人の君は何も見えてないんじゃない」

「だって、君は富も名声も全部揃っているじゃないか……？　僕もここのコロンなんか何も持っていないよ」

「うそよ！　絶対の自由があるじゃない。君だって好きな時に好きな所に行き、好きな人と愛し合うことが出来るのよ。でもアタシにはそんな自由はどこを捜してもないじゃない。ねえ、駄菓子屋のアンコ玉を食べた事あって？」

「ウン、あるけど……」

「アタシは無いわ。不潔だから駄目だって言うの。やっぱり体制が悪いのよ。君のような社会主義者が、うんと増えて今の体制を壊さない限り、アタシ達の自由なんてないのよ」菅原の手の下でケイコの肌が燃えている。

「そうかなあ、僕は殆ど諦めかけていたんだ」言葉を切った菅原の手を掴んだケイコが自分の胸に押し当て「駄目よ諦めちゃ。アタシの為にも続けて……」

「分かった。今、僕は君から勇気を得たような気がする」菅原はケイコの胸の膨らみを強くつかむとケイコが低く呻いた。慌てた菅原が手を離そうとするとケイコが押さえ
「アタシを犯して……」と低くつぶやいた。

「いいのか?」

「ウン、皆の大嫌いなアナキストの汗臭い体で無茶苦茶に犯してもらいたいの。男爵家のお姫様ではない、普通の女として好きなだけ汚して頂戴!」ケイコは頭からネグリジェを脱いだ。白々と豊満な裸身が星明りに浮かんだ。

「よし!」菅原は着衣をかなぐり捨てケイコに体を重ねた。

ヴァイ・ノン・ヴァイ・ヴァイ・ノン・ヴァイ……蛙の合唱の合間に上がるケイコの愉悦の声が次第に激しくなると蛙の合唱が遠くなる。若い菅原は執拗に繰り返しケイコに挑み、お姫様を棄てたケイコは、あらゆる痴態を見せて悶え、弾けては跳んでいた。

「ありがとうゴンザ君。アタシやっと自分だけの財産が出来たわ」ケイコはネグリジェの裾をつまんで体液を拭いている。

「財産だって?」

「そうよ。アタシ自分の持っている物は全部家紋のついた貢《みつ》ぎ物なのよ。でも、今は違うわ。だって、ゴンザ君もあの空の星も、ジャングルも、全部ここに納めた誰も知らないアタシだけの財産なのよ」ケイコはヒタヒタと自分の白い腹を叩きながら小さく笑って立ち上がった。

菅原和夫は暗がりの中でテントを畳むと、そのままジャングルの闇に姿を消した。

バルコニーで手を振りながら〔さようなら……〕と呟くケイコの声を聞いたのは一九一一年のブラジルの初夏の星空だけだった。

この日を境に菅原の姿はノロエステ線の沿線から消え、望月ケイコは父親と一緒にベレンに向かって発ち、清野イトの農園の豊かな実りだけが風にそよいでいた。

オンサの夜

ノロエステ沿線から離れた菅原が選んだのはパウリスタ線の田園都市カンピーナスの北、リオ・マラーロ町との中間にある農場地帯の寒村だった。

当時のサンパウロはすでに人口三十万を擁《よう》する大都会となり、次いでカンピーナスが八万、サンパウロ州では第二の都市となっていた。第三は一九〇九年に日本の移民が上陸したサントス港の五万となる。

相変わらず菅原は竹細工を作り、自分では売らずに人口八万のカンピーナスとリオ・クラークの町の雑貨屋や玩具店に卸すようになっていた。

森の奥に作った小屋の中で菅原は採って来た竹でせっせと商品の製作に精を出し、貯まると背中に担いで汽車で町に行く。

　ドン太の仕事と言えば竹を運ぶ事と菅原を乗せて場末のボアチ（女の居る飲み屋）に行くだけになっていた。時折、そのロバを売らないかと声をかける者もあったが、菅原はいくら金を積まれても首を縦には振らなかった。モリソンから貰ったという義理もあったが、それよりも清野イトや望月ケイコの想い出を刻んだドン太を手放す事ができなかったのだ。

　そんな菅原の心の中を知っているかのようにドン太も犬のように菅原になつき、簡単な日本語すら理解している。ドン太と呼べば返事をして寄って来る。どうだ、水浴びに行こうか……と言えばブラシに目をやる、菅原のたった独りの家族になっていた。

　明るい内はよい、だが夜に湧く蛙の鳴き声が運ぶ孤独は菅原を苛《さいな》んだ。

　ノロエステを後にした……と言っても輝く星空も蛙の鳴き声などの自然の環境に変わりはなく、夜に目にする物、耳に入る物の一つ一つが清野イトを想わせる。

　この夜も菅原は寂しい村の外れに建ったばかりのボアチに向かった。

　ポッコ、ポッコとドン太の歩を運ぶ足と、蛙の合唱だけが聞こえる以外に一切の音はなく、遠くにポツリ、ポツリと点《とも》る農家の灯りが一層菅原の孤独をかき立てる。

　建ったばかりとは言っても、雨が降ればぬかるみ、晴れれば晴れたで赤い埃が舞う道から少し奥まった所に建つ古い農家だ。その平屋の農家の外側だけを赤や黄色の派手なペンキで塗りたくってそれらしく見せている。後ろはジャングルが迫り、赤錆の浮いた農具の残骸がペンペン草に埋もれている。

開け放したドアから漏れる黄色い灯りの中に客の乗って来た馬や、最近よく見かけるようになった自動車が並び、二、三人の子供が外で遊んでいた。

ボアチとは簡単な食事も出来るバーだ。建物の裏の納屋の中を幾つかの小部屋に仕切り、その裸電球の点るわびしい部屋で女は春を売る。

厳しい大自然の環境の中で、激しい労働に従事する孤独な男達の楽しみと言えば酒と女しかない。ボアチは、そんな男達に一刻の安らぎを提供するブラジルの文化でもある。

最近は急速に農場が開けた故かコロノの数も増え、この夜も数人の先客がカウンターやテーブルに腰を下ろして夜を楽しんでいた。七、八人居る女はそれぞれ思い思いの格好で嬌声をあげながら客の間を泳ぎ、電灯の下には蛾の死骸が積もっている。

「ボン・ノッチ！　ビール？」カウンターの向こうの丸々と肥えた中年のマダムが黄色い歯を見せて愛想よく笑った。「いや、ピンガだ。瓶ごとくれないか」

新規開店に物珍しさも加わってか客が多く、女の数が足りないらしい。両側から手を引っ張られて女が悲鳴をあげテーブルの酒がこぼれる。

「商売繁盛だね……」

「お蔭様で……。ところで気に入った娘はいるかね？」マダムの三重首が動いた。

「そうだねえ、みんな可愛いんで目移りしちゃうね」見回す菅原の目に映る女はいずれも褐色の肌を持つモレナかムラタだけだ。どの娘にも共通しているのは、豊かな胸と脚の長い事だが、菅原の憧れであるイトやケイコの肌理《きめ》の細かい日本の女の白い肌との隔たりはあまりにも大きかった。


一汗かいた客の一人がガウンを羽織っただけの女を抱えて裏のドアから姿を現わし、バンと金をカウンターに音を立てて置くと出て行った。

女はカウンターにもたれて、ごくごくと音を立てて水を喉に流し込んでいる。

数人の男達の投げる野卑な言葉を浴びながら、菅原の隣の女は放心したようにカウンターの後ろの鏡をぼんやり眺めていた。

ガウンの前が割れて胸も腹も露なのに女は意にも介さない様子だ。

「ねえチャン、どうだったい、アイツのカラーリョ（男性）は？」聞くに耐えない言葉が男達の間からさかんに飛んで来るが女は聞こえないように鏡を見つめている。

一際《ひときわ》体の大きい中年の農夫がやって来ると女を後ろから抱えてガウンをはぎ取った。

途端に口笛と歓声があがり男達の目が彼女に集まった。女はそれでも動かない。

それが彼女の知る、たった一つの抗議の術なのだろう。

無言の彼女に調子に乗った男は彼女の胸を掴み「どうだい、お前のプセタ（性器）をみせねえかい？」と下腹を覗き込んダところでマダムが声を上げた。

「まあまあ、見たかったら、ちゃんとお代を払ってからだよ」と卑しく笑う。

「そうかい、まあ買う前に確かめなくちゃぁあな……」男の手が女の下腹に伸びて初めて彼女がマダムに顔を向けた。悲しげな目の奥に怒りの炎が燃えている。

「……それほど言うのなら、お前ちょっとだけ見せてやりなよ」マダムの言葉に女は目を伏せて膝を開きかけた。その途端に叫び声があがり一人の青年が農夫に飛びつき、パンチの雨を降らせた。驚いた農夫の仲間が今度は青年を囲んで殴りかかり、倒れた青年を数人がかりで蹴りだした。先刻の女は何やら叫びながら必死に止めに入ったが、一度狂った男達は手を休めない。女の悲鳴が上がり、男の怒声と呻きにボアチの中は騒然となった。喧嘩に加わらない男達はこれ幸いと、時ならぬショウを見物している。

　青年の顔から血が引いている。止めようと思って菅原が近くの男の腕を掴んだ途端に強烈なパンチを受けて椅子から転げ落ち、立ち上がろうとした瞬間に脇腹に蹴りを食らって目の前が暗くなった。

　菅原は生まれてはじめて体の不自由さを味わった。節々が痛んで腕を上げる事さえ苦痛の上に顔は青黒く腫《は》れあがっている。あれから四日が経ったが幸せにも菅原はイトもケイコも忘れる事が出来た。それほど菅原は復讐の念に燃えていたのだった。

〔俺にはこんな執念深い性格があったのだろうか？〕菅原は毎日竹のベッドの上で考えていた。

執念深い……だから俺は社会主義を棄て切れずイトも忘れられないでいるのではないだろうか？　イトを忘れる為には彼女と結婚する事だがそれは出来ない。また、一年という約束の期間が過ぎて彼女が未だに自分を待っているとは思えなかった。

一方、ブラジルでの社会主義運動が絶望的なのは菅原は充分に学んでいた。主義を成功に導くのは、大衆の不平、不満を纏《まと》めて一つの勢力に育て上げる事だが、僅かな目先の快楽に満足して明日を考えないブラジルの土壌ではとうてい無理だった。ましてや、九十%を上回る文盲の民衆に思考の力をつけさせる事は絶望を超えている。

俺は一体、何なのだろう？　快楽と欲望だけに生きるブラジル人になってしまったのだろうか？　考えれは考える程、菅原は自己嫌悪に陥ってしまう。

鏡に映る顔には未だに青黒い痣《あざ》が醜く張りついている。そうだ、俺はいつも逃げ腰で生きて来た。日本からこのブラジルに逃げ、イトから逃げ、ケイコを避けてどこに行こうとしているんだ？　俺は自分の人生に何一つ明確なケジメをつけていない。

見ろ自分の顔を！　その醜い顔がお前の素顔じゃないのか？

菅原は鏡の後ろから自分の声を聞いた。

どっこいしょ……鶴嘴《ツルハシ》の柄にすがった菅原がカウンターに腰を降ろすと「あら、この前はひどい目に合ったわね。もう大丈夫なの？」と数人の女が口々に同情の声をかけながら寄ってくる。

「ママアだが、こんな顔になったぜ」と苦笑しながら、女達の口から、あの夜の相手がこの辺りのジャングルに建設中の高架線の工事人夫、そして中年の大男が彼らのボスだと聞き込んだ。

「そして、あの青年はどうしたんだ？」

「もう居ないよ。あの子達は夫婦なんだよ。どうしてもお金が要るんだと言って体を売っていたんだが……次の日にどこかに行ってしまったよ。なんだいアンタもあの娘《こ》に気があったのかい？」

三重顎のマダムがピンガを注ぎながらからかう。

「そうかあ……それじゃ彼等の幸せの為に乾杯しようや、皆飲みなよ。サルート！」

「サルート！」女達も白い歯を見せて飲み干し、ジャングルの夜が更けた。

ぼちぼちと客が入って来る。隣の女が「しばらくだねトンボさん」と肩を擦り寄せて耳許で囁いたが菅原には全く覚えがない。黒い長い髪を後ろで束ねた小麦色の肌の女の目が長い睫の奥で笑っている。突然モリソンの農場を発つ前の晩に、暗い菅原の小屋で見せた女の目が甦った。

「あっ、あの時の……！」

「嬉しいね、忘れてなかったんだね。この前にも話しかけようと思ってたんだよ。だのにノビちゃって、アタシが介抱したのも覚えてないんだろ？」

「覚えているさ」

「ね、ここじゃゆっくり話ができないよ、アタシの部屋に行こうよ」

二人が連れ立って奥の部屋に向かうと女達が一斉に「ほら、がんばれよ！」と羨望《せんぼう》の入り混じった冷やかしの声を投げる。ブラジルの女達は明るい。

六畳程のベニヤ板に囲まれた部屋はまるで巨大なマッチ箱に似ている。小さな窓の下にシミだらけのシーツを被ったベッドがある。壁の五寸釘には彼女の粗末な服がかかり、斜めにひびの入った鏡の前には、ブラシと僅かな化粧品が人待ち顔で並んでいるだけの侘しい部屋には強い消毒薬の匂いがこもっている。

裸電球の下からスイッチの長い紐が下がっているのは寝たまま引けるからだろうか？

「まず、金を払おう、幾らだ？」

「一時間で一ミル、二時間で二ミルさ。一晩の貸切りだと四ミルになるけどトンボさんじゃお金は貰えないよ」

「そう言うなよ、それじゃ、これだけ取ってくれよ」菅原は三ミルを差し出した。

「悪いわね……。それじゃ話は後にしようか？」モレナは少し恥じらいを見せながら下着から足を抜くと菅原のシャツのボタンを外そうとする。大きな乳房がゆらゆら揺れて黒ずんだ乳首の先が葡萄のようにかすかに光った。

イトやケイコのとは全く違う褐色のモレナの胸を包むように下から掴むとモレナは嬉しそうに白い歯を見せて笑い、体を屈めて菅原の物を深々と口に飲み込んだ。

モレナの褐色の肌が汗に光っている。その豊かな腹は激しく波を打ち、彼女の腕はジャングルのセードロの大木に絡む蔦のようにしっかりと菅原を抱き締め、腰に回した逞しい長い脚は菅原の体の全てを自分の奥に押し込もうとするように強く締めつける。

「Oh、トンボ……アイ・ケ・リコ……、ああ、いいよ。オイ、どうしよう……」

髪を振り乱し、ダイナミックに悶え、揺れ動くモレナの姿に菅原はブラジルを初めて目にしたような思いがした。

「どうだモレナ、いいか？　そんなにいいのか？」

「いいよ！　アイ・ケリコ……死にそうだよ……あ、死ぬよ、死ぬよ……」


ピンガを手に部屋に戻って来たモレナが声をひそめて耳打ちする。

「来てるよ。給料日だからって全部で六人もいるけど……あんた、大丈夫なの？」

「わからない。分かっているのは、このまま黙っているわけにはいかない……というだけさ。俺にも意地ってものがあるんだ。さっきの打ち合わせ通り、お前はただ奴等を呼び出してくればいいんだ。変な助太刀はするなよ」

「店の中なら油断しているよ」

「だめだ、店に迷惑がかかる。終わったら、もう一回やろうか？」菅原は不敵に笑うと窓から姿を消す。「待ってるよ！」とモレナが声を投げた。

菅原は頑丈な鶴嘴の柄を木刀のように構えて入口の扉の陰に身を寄せて待った。

青い鼻を垂らせた子供が二人、じっと眺めている。

「俺に会いたい奴だって？　どら、どこだその野郎は？」

ガツ！　と音が鳴って樫《かし》の鶴嘴の柄が男の頭に落ち、返す柄で顔面を叩き上げた。

今度はグスっと音が鳴って男は膝から声もなく沈んだ。

菅原はすかさず扉に寄って次の攻撃に身構えた。複数の敵に対する一週間にわたって考えた戦法だ。

ドアの後ろからチラッとモレナが顔を出し指を二本上げて引っ込んだ。

「監督さーん」と叫びながら出て来た二人の男は泥の中に転がる大男を見て立ちすくんでいる。

ガス！　後ろから側頭に食らわし、流れた柄をもう一度振り上げ、体重を乗せて唐竹割《からたけわり》に他の男の脳天に叩きこんだ。「グエー」と呻いた男が倒れる前に菅原は頭を抱えて呆然としている男の胸に気合とともに鋭い突きを入れ、二、三歩後ろに飛んで次の敵を待った。息が笛のように鳴り、喉がからからに渇いている。

どやどやと男や女が出てきた。その中にモレナを見かけて「ピンガを頼む！」と怒鳴った。若い三人の男が菅原を囲むように立つと菅原は場所を変えてボアチの壁を背中に、油断なく中学校の武道の時間に学んだ青眼に構えた。ひどく喉が渇いている。

「はいよ、お前さん！」三人の男も眼中にない様子のモレナが菅原にピンガの瓶を手渡すと男達に顔を向けた。

「何をしてんだよ？　早くやりなよ！　相手はたったの一人だよ。だけどさ、この人は世界一のロシアを全滅させた日本のサムライだよ。精々気《せいぜい》をつけな……」

「そうだそうだ。腰抜けめ！　早くかかりなよ！」黄色い声は先日店を壊《こわ》されたばかりの三重顎のマダムだ。

「何だ、だらしねえんだな。兄ちゃん達は数がなければ喧嘩できねえのかよ？」農夫のダミ声と女の嘲笑《ちょうしょう》が飛んでくる。

この時菅原が飲んだピンガは生涯の最良の酒だった。

「ホラあ……約束じゃないか……」生まれたばかりの姿になったモレナが火照《ほて》った体を菅原に擦りつけて鼻を鳴らしている。店の方から笑い声やギターの音が流れて来る。

「……約束だって？」菅原はシャツの袖で口のピンガを横に拭った。

「そうだよ。終わったら、もう一回やってくれるって言ったじゃないか……」大きな図体を小さく縮め、口をとがらせて上目使いで甘えるモレナにボアチの女の影はなく、菅原の目に映るのは褐色の乙女、アパレシーダだった。

「えっ、俺そんな約束したかなあ……？」

「したよ、したよ。だからアタシ、手を貸してやったんだよ」

「もし、この前のように俺が負けてたら、お前どうする?」

「同じだよ、アタシが抱くもん。ね、電気消す……?」

電気が消えるとヴァン・ノン・ヴァイ……と蛙の合唱が響く。だが、この夜の菅原の頭にイトの訪れはなかった。


シュッ、シュッと見る見る竹トンボが出来ていく。昼まで寝て、それから菅原の小屋まで歩いて来るのがモレナの日課になっていた。汚れ物が溜まると籠を頭に乗せて近くの小川まで洗濯に行き、食事の支度もモレナの仕事になっていた。

夜の客は断っていたが、人手の足りない店の手伝いだけは毎晩欠かさない。

「メシだよ。いい加減にしたら……?」すっかりオカミさんぶりが板についた感じのモレナは幸せだった。近い内、店に話をつけて菅原と暮らす夢も見ていた。

「なんだ、このスープ冷めてるじゃないか」

「あら、そうかい。ぐずぐずしているからだよ、直ぐに温めるよ!」と、かいがいしく竈《かまど》の前にしゃがみこむモレナを眺める菅原の頭のどこかに、彼女との暮らしを考える芽がこの頃生まれようとしていた。

菅原がサントスに竹細工を卸に行く時、モレナも連れていって貰った。電車や自動車が走りまわり、ずらりと並んだ商店には見た事もない豪華な商品が並び、街を行く女は美しくモレナは妬《ねた》みを感じた。

「バカだなあ、誰だって金をかければ奇麗に見えるもんだよ」と笑って菅原は気前よく胴のキュッとくびれたドレス、ゴワゴワしたペチコートに下着、ストッキングや踵の高い編み上げの靴を買い、時間をかけて帽子を選んでやった。

「なんだ、その靴を履くと、お前随分大きな女なんだなあ」と言われて今度は背中を曲げて叱られる。だが、モレナにとって菅原の叱責はどんなものでも嬉しかった。

生まれて初めてエレベーターに乗ってホテルの部屋に入った。バス・ルームに入ったモレナが、便器が二つあると言う。

「それはな、ビデという、ほら、あそこを洗う便利なものなんだよ」と言いながらバルブを捻《ひね》ってみせた菅原が顔に水を浴びて悪たれをつくのもモレナには楽しい。

「おいおいモレナ、いい加減に寝ようよ」と言う菅原を無視してモレナはドレスを着て鏡の前を行ったり来たり、時折り頭を傾《かし》げたり、ちょっと澄ましたりで更《ふ》けるのを忘れている。

「あんたあ、これは湖?」窓の外を眺めていたモレナが振り向いた。

「海だよ。サントス湾という海だ。俺もここから上陸したんだよ」暗い海面に落ちる星影が美しく揺れている。

「ジャポンて遠いんだろうね」モレナはガラス窓に顔をくっ付けて遠くを覗いている。

「ああ、地球の裏側で四十日もかかるんだ」

「へーえ、四十日もねえ……。で、あんたは何しに来たの？」モレナの無邪気な質問に菅原は思わず噴き出した。

「……何か、おかしな事を言った？」ドレスのモレナが首を傾げている。

「いや、実の所、最近俺にも分からなくなってんだ。多分、俺はお前を捜しにここまで来たのかもしれないいな……」

「本当？　嘘でも嬉しい言葉だよ。でもあんた、全部の女にそう言ったんだろ？」

やっとドレスを脱ぐ気になったのかモレナが丁寧に脱ぎ出した。次第に褐色の肌が現れて重量感のある大きな胸が揺れている。菅原が手を伸ばした。するとモレナは嬉しそうに笑い「さっきの変てこな便器を使ってくるね」と豊満な背中を見せてバス・ルームに消え、すぐに水が鳴り出して菅原はスタンドの灯りを消した。


モレナという意味は混血の女性であって男はモレノと呼ばれる。ブラジルの大半の人間はモレナかモレノである。同じモレナであっても白人と全く変わらない者もあれば、白黒半々のムラタやムラトもいる。若い美しい白人の母親が真っ黒な子供を抱いている風景もここではさして珍しいものではない。

ここで言っているモレナは勿論便宜上の言い方であって実名は別にある。出身はノロエステ線の延びるはるか北西に位置するブラジルの秘境マットット・グロッソの百姓の娘だった。

ご多聞に洩れず子沢山の家で生まれたモレナは、十二才の頃から子守、農婦、飯場の飯炊きを経て体を売るようになっていた。


馴染みのない柔らかなベッドでモレナは目を覚ました。まだ窓の外は暗く、星が冷たく光り、仰向けのモレナの胸に顔を埋めた菅原が赤子のように眠っている。

モレナがこれまで何百回も繰り返して来た珍しくもない朝の光景だ。

モレナが体をずらす、すると母の胸を慕う赤子のように菅原が追う。そんな菅原の頭を抱きかかえるとモレナにしみじみとした幸せが湧いて思わず抱く腕に力が入ってしまう。

モレナは自分の方から欲望を持ったことはない。いつもそれは男の側から引き出されるものであり、自分から求めた男は一昨年前のコロニアでの菅原が初めてだった。

颯爽《さっそう》とコロノ達に指示を与え、いつも笑顔を絶やさない菅原はモレナの知らない人種でありコロニアの女達の憧れの的だった。

〔そうだわ、あの時以来アタシはこの人に恋をしていたんだ〕目の下の菅原はモレナの胸にすがり、今にも乳首を吸い込むような格好で口を開けて眠っている。

〔あの朝、アタシはこの人を追った。でも、ジャングルで姿を見失って以来、会う事はできず、次第に忘れていたんだ。それだのに……今こうしてこの人はアタシの胸の中に居る。これは運命なのだろうか？　それとも神様のご褒美なのかしら……」

モレナはピンと張った乳首を菅原の口に当てがった。「う……」と軽く呻いた菅原の口の中に消えた乳首から湧く女の慶びが次第に体に広がるのを意識するとモレナは幸せの海をクラゲのように漂うのだった。


雑貨屋の馬囲いの中で目敏《めざと》く菅原を見つけたドン太が首をあげて駆け寄って来る。優しい目が、お帰り……と言っている。

そのドン太の背で菅原はモレナをボアチに送った。

「なんだい、どこの貴婦人が来たのかと思っちゃったよ」

「高かったんだろうねえ……」

「まるで別人だねえ、よく似合うよ」

「いいなあ……アタイにもトンボみたいな男が現れないかなあ……」

「神様にずっとお願いしてなよ、きっと叶うから」

女達は早起鳥のアラポンガのように囀り出した。ブラジルの女はよく喋る。静かな時と言えば眠っている時だけのようだ。

農家で育ったモレナはよく働く。鉈を振り下ろす度に薪が転がり、その側を葉っぱをかざした長いサウーバの行列が動いている。

「ねえ……！」誰も来ないのを幸いに下着だけで鉈を振るうモレナが振り向いた。

「なんだい？」菅原は竹を削る手を休めない。

「男の子が良い？　それとも女の子かな……」体を伸ばしたモレナが額の汗を拭うと腰に手を当てて笑っている。

「？……出来たのか？」菅原は無表情に竹を削る。

「みたいなんだよ。先月も今月もないし、胸がムカムカするんだよ」

「そうかあ。そんじゃ、そろそろ先の事を真剣に考えようか……」菅原は出来たばかりの竹トンボを空に向かって放った。紺碧《こんぺき》の空に舞うトンボを眺める二人の影が赤い大地に長く伸びていた。


その日は朝から霧が深くアラポンガの囀りもどこか遠く、午《ひる》から雨になった。

「びしょびしょに濡れちゃったよ」誰も居ないのを幸いに下着だけになったモレナは竈の火で粗末なシャツやスカートを乾かしている。

菅原は気分が優《すぐ》れない。

「飲み過ぎたんじゃないのかい？　子供の為にも少し控えて貰わないと困るよ。ねえ、男の子だったら名前をサントスにしようよ」

「サントスだって……？」

「うん、だってサントスの町で入ったんだもの」
「どうして、そんな事が分かるんだ？　ゴホ……」こもった煙に菅原は咳き込んだ。
「なんとなく分かったんだ。あら、熱があるよ。今日は送ってくれなくていいよ、ドン太を貸してくれれば……。店でスープを作って持ってくるからね。嫌だね……あんた、何を見てんだよ……」モレナは体をくねらすと剥《む》き出しの胸を手で覆い「あんたあ、病気の時は養生が肝心なんだから……」と呟く言葉と裏腹に菅原の膝に手をかけ、屋根が雨に鳴り出した。

午になって嘘のように空が澄んだ。モレナもドン太も現れず、菅原は不吉な予感に駆られて歩き出した。道に出た途端に黒い制服の警官とボアチのマダムが車でやって来る所だった。菅原の悪い予感は当たっていた。

警官に案内されたジャングルの中に、数人の警官や農夫に囲まれたモレナは目を開いたまま事切れていた。雨に洗われたのか血痕はないが、喉と胸に開いた小さな穴に水が光っている。「モ、モレナ！」と叫んで駆け寄る菅原を数人の警官がやっとの事で押さえ付け、型通りの尋問が始まった。殆どの尋問には三重顎のマダムが代わってくれた。

ドン太は少し離れたところで冷たくなっていた。あまりのショックに立っているのもやっとの菅原に涙も出ない。

村役場に運ばれたモレナの亡骸《なきがら》は神父の立ち会いの下で検視が行われ、死因は複数のライフルの銃弾で即死に近いと告げられた事だけが菅原にとってかすかな救いだった。

村の年寄りは、モレナの稼業からいって共同墓地には埋葬できないと気の毒そうに言い、神父が菅原の肩に手を置いた。「悲しみは神が私達人間を試しているのです。その悲嘆に耐えながら私達は少しずつ勇気を得て神の道を歩み、やがて神の懐に戻って行くのですよ。貴方のモレナさんは、もうすでに神の御許《みもと》にいらっしゃる……」と語る神父は思わず言葉を呑んだ。凄《すざ》まじい憎悪が目の前の青年の体から噴き出していたからだ。

神父はまるでサターンと向かい合っているような気がして、思わず十字を切った。


ボアチの女達の手で奇麗に体を清められ、サントスで買ったドレスを着て棺に横たわったモレナを前に初めて菅原は泣いた。最愛のモレナと萌え始めた幼い命、そして家族のドン太を一度に奪われた男の号泣に慰めの言葉は誰にもなかった。

それから菅原はドン太を葬ったあと、小屋に帰ると数日動こうとはしなかった。

心配したボアチの女達が時折顔を見せるようになり、ある朝、三重顎のマダムが汗を拭き拭きやって来ると、ドシンとベンチに腰を下ろした。

「なんて言ってもここは遠いよね。でもさ、おおよその見当がついたんでね。知らせに来たんだよ。いいかい、アタシ達はモレナの事を忘れた訳じゃないんだよ。それどころかサンパウロ中のボアチに声をかけて犯人を捜していたのさ」

「でも、警察が……」言いかけた菅原の言葉をマダムは手を振って遮《さえぎ》った。

「馬鹿な事を言わないでよく聞くんだよ。警察や普通の人達にとってアタシ達は犬以下の生き物さ。その犬が殺されたからって、警察が本気で犯人を捜すかい？」

「………」菅原は黙ってマダムの次の言葉を待つ。

「覚えているかい、あの電気工事の人達を？　今、あいつ等はこの先の二十キロ程先の森に居るらしいんだよ」

「どうして、そんな事が……」

「だからさ、酒を飲ませて臍の下を擽《くすぐ》れば男はなんでも喋るもんさ。そいつがアタシ達の商売だからね。狙ったやつじゃない女を殺してしまったと……ボアチの女の腹の上で言った奴がいるんだってよ。狙ったのはお前さんだけど、まさかロバに乗っていたのがモレナだとは思わなかったんだろうよ」

「そ、それは、あの体のでかい監督か？」

「いや、若い奴だってさ。なんでも朝までに四発もやったてえ話だからね。お前さんも気をつけなよ。だけど何時までもケンカに根をもつなんてイヤだねえ、男らしくないよ。アタシなら……ぶっ殺してやるけどね……」三重顎のマダムはじっと目を据えて菅原の顔を覗き込んでいる。

腕を組んだ菅原は大きく頷いた。

「……そうだろうね。お前さんがこのまま黙っちゃいないと思ってたよ。これがそのボアチと女の子の名前だよ、会ったら南十字星のスザンヌが宜しくって伝えてくれな。邪魔したね、それじゃ達者でね……」

菅原は早速支度にかかった。まず先を鋭く尖らせた幅二センチ、長さ二十五センチ程のナイフを十本と分厚い棒状の弓を作った。距離は短くたったの三、四メートルの精度しかないが竹を熟知した菅原の弓で発射したナイフが致命傷になる事は間違いない。

万に一つを考えて用意した百発の三十八口径の拳銃弾はいずれも弾頭に十字の刻みを入れ、肉の中で膨張させるものだ。

手早くリュックサックに身の回りの物と金を詰め込んだ菅原は地下足袋に履き替えて、風のようにジャングルの奥に駆け出した。

六時間後の夕暮れに菅原は村に入った。どこの村も同じように教会を中心として三十軒ばかりの家々が並び、その向こうは刈り入れの終わったトウモロコシ畠、そしてバナナの青い葉が見渡す限り山の中腹まで広がっている。

高度八百メートルの高地は一足早い秋の気配だ。菅原は夕餉《ゆうげ》の煙漂う村道をすたすたと通り抜けた。だいたいボアチは人家を避けた町外れにあるからだ。

マンゴの畠の奥にボアチはあった。もし道端に看板がなければ見落とす所だ。

べ～～と人なつこい山羊が足元で鳴いて菅原はドン太を思って胸がつまる。

夕方のボアチに人影はなくガランと静まり返り、壁の時計の、時を刻む音だけが妙に高い。

〔そうか、野郎共はここに来てるって言うわけか……〕セビロの埃を払ってカウンターに座り、伸ばした手でピンガを掴んだ。今度の菅原の目的は生半可《なまはんか》な復讐ではなく、相手の息の音を止める事だ。それから先の事は考えていない。

腰のホルスターからSWを抜き出して弾倉を調べた。

「おや恐い！　お客さん、店の中での物騒な物はお預かりする事にしているんですよ」

年の頃は四十前後、長いドレスの裾《すそ》を軽く摘んだ女が夕日を背にして立っている。

「駄目だね。こいつは誰にも渡せねえんだ」女を無視してホルスターに戻した。

「あたしはここのママイよ。あんたは……若しかしたら……」

「南十字星から……だ」

「なるほど、それなら明後日の土曜日の夜だね。ずらりと雁首を揃えるよ。だけどあんた、店の中は困るよ、他の客に迷惑がかかるし、後始末が大変だからねえ」

以前にもそんな事があった口振りだ。

「近くにホテルがあるかい？」

「ないね。あんたの馬は？」

「ない。歩いて来たんだ」

「?!　一晩五ミルで泊めてあげるよ」

「随分高いんだな」

「風呂付きのあたしの部屋だよ。どうせ朝まであたしはここにいるんだから」ママイはコルセットを鳴らせて立ち上がるとシャンデリアの紐を引いた。明るくなった店を見回した菅原は驚いた。窓にはレースのカーテン、壁には風景画がかかり床は絨毯だ。粗末な木の椅子とテーブルが並んだだけのどのボアチとも違う豪華さがある。ママイの話によると普段の夜にはカンビーナスやリオ・クラークの上流の客があり、金曜日は地元の裕福な農園主、そして土曜日が山奥から出て来る労務者達で賑わうのだと言う。

一人、二人と女が二階から降りて来る。復讐の念に燃えるとは言っても男の菅原は目を奪われた。彼女らは一様にバスチア（現代のボディー・スーツに似た下着）にストッキングを着け、薄いガウンを羽織《はお》っている。

どの女もママイ同様、同じモレナにしても白人に近い美人揃いだ。

ママイは一人一人の女の世話係だ。髪を直したり、バスチアの襟を緩《ゆる》めたり、靴を取替えたりと注意をしている。成る程、五ミルの宿泊代は飛び切り安いのだろうと菅原は悟った。

ローズと名乗る娘は椅子に腰を下ろすと脚を組んでママイの部屋を見回している。

菅原と目が合うと怯えを見せた。地下足袋に髪の毛をぼうぼうに伸ばし、髯に覆われた顔に殺気を見た……と気のついた菅原はニッと笑顔を作り、ポケットから五ミルを取り出してローズに渡した。

ローズは立ち上がるとガウンを脱ぎ「ここで?」とバスチアの胸の紐を緩めた。

「違うよ。俺は教えて貰いたい事があるんだ。ほら、お前の電気工事のアミーゴの事なんだがね……」菅原は強いて微笑んだ。

「…………あ、あんたでしたのね。いいわ……」

彼女は馴染みとなった若い客に誘われて工事現場に近いカンポ(飯場)を訪れた時、帰りは送るという約束だったのだが、若いアミーゴは下っ端で馬車を貸して貰えなかった為、その夜のローズは大勢の男達の慰め者になった。アミーゴは黙って見ているだけだったという。

「その時、他の男がアミーゴにお前の番だって声をかけたんです。だけどアミーゴは黙っていました。すると、男が、この野郎は間違えて女やロバを撃ち殺した馬鹿なんだぞ……て大笑いしたんです。それで、次に会った時に聞いたら、そうだって……。彼が告白したんです。そしてママイにその話をしてから、あの村で、ボアチの女が殺されたって聞いたんです……。あんたの、大切な人だったんですか?」

菅原は体の中に沸き上がる怒りを堪《こら》えながら、頷いた。

「場所は分かっていますか?」

菅原は頭を振った。

「簡単なんです。この道をたどると頂上に出るので、そこから北の方を見れば電線が見えます。

その電線の下には工事用の道が出来てますから、それを辿《たど》ればカンポや現場にいやでも出てしまうんです」

「そのカンポだが、何人位の人がいるんだね？」

「……結構いました。でも、工事関係者は七、八人で、カルロスという体の大きい男が監督みたいでした。明後日の夜には来るけど……大丈夫でしょうか……」

アラポンガの声を聞いてママイが自分の部屋に戻った時には、もう菅原の姿は消えていた。ベッドを使った様子もない。「フン」ママイは何となくはぐらかされた気持ちになると窓の外に目をやった。星のない東の空に赤味がさしている。

丁度その頃菅原はローズに教わった通りの道を歩いていた。アラポンガの囀りに混じって時折ウイップ・ハーと馬を駆る御者のような掛け声が聞こえる。アリエロと呼ぶ鳥だが姿を見た事はない。

二つ目の峰に出て四方に目を配る。未だ暗いジャングルの底から轟々と落ちる滝の音が風に乗って途切れ途切れに聞こえ、しんしんと寒さが身に沁み、吐く息が白い。

やがて雲の切れ間から漏れ出した朝日が、赤く西の峰を浮かびあがらせると高架線がかすかに光った。〔しめた、あそこだ！〕寒さが消え菅原の脚が軽くなった。

馬車の轍《わだち》がはっきりと赤い土に刻まれ、タバコの吸い殻が落ちている。眼下の渓谷からはさかんに霧が湧き、道は下りにかかり、霧の中に消えていく。

下りは楽だ。霧は次第に深く、木の葉から滴《したた》る水滴がシャツに黒いしみを作る。

ブーンと昆虫の唸るような音が次第に高くなり菅原は身構えた。音は霧の上の方から降ってくる。

〔何だろう？　敵でない事だけは確かだが……〕と思った菅原はＳＷをホルスターに収め、その場に立ち止まって音の正体を窺《うかが》った。

陽が射すにつれ霧は眩《まばゆ》い銀一色となり、次第に青い空が現れ、その空に聳《そび》える高圧電流の高架線がブーンと鳴っている。〔なんだ、エレキか……〕目で辿る高架線は一度渓谷に降り、今度はそこから西の山肌を直線で登って峰の向こうに消えていた。

川の手前、切り開いたセードロの樹木の森の一角に点在するテントに混じって数台の馬車が目に入った。森を伝って近付くにつれて川のせせらぎが次第に大きく聞こえ、焚火の煙が森の中に棚引いている。あまりにも平和な、目的と矛盾する光景に一瞬菅原は夢を見ているような気になったが、テントから現れた男の姿で現実に戻った。

毛布を体に巻き付けた男は悠々と小便をし、続いて次第に男の数が増えて来る。手がいつの間にかＳＷにかかり武者震《むしゃぶる》いが体の奥から悪寒《おかん》のように湧いてくる。

〔モレナ、ドン太、お前たちの恨みは必ず俺が晴らすぞ……〕菅原は呪文のように心の中で呟いていた。

馬囲いから出した馬を馬車に繋ぐ者、資材を積む者達の声高《こわだか》に語る声でカンポは一気に活気付き、一人、二人……と男を乗せた馬車がつづら折れの急勾配を登って行く。三台の馬車が消え、樽を積んだ一台の馬車だけが残っている。大男の姿はない。

菅原は森の樹を伝いながらテントに近付くと、自分の落とす影に注意しながら地面から四十センチ程上の部分のテントをスチレットで斜めに切り開いて中を窺った。

覚悟はしていたものの菅原の心臓は飛び出すかと思う程鳴っている。

乱雑にコルションが散らばりピンガの瓶が転がるテントの中に一人の男がのっそり立ち上がった。若い長身の男だ。

男はテントから出ると樽を積んだ馬車に馬を繋ぎ、そのまま川の中に馬車を乗り入れ、手動のポンプで樽に水を入れている。セメントに使う水を運ぶのだと菅原は直感した。

ローズの言った男に似ている。殺意がしきりに湧くが、まだ大男の姿が認められない。

その上、今殺したら、他の男達に警告を与えるようなものだ……と考えた菅原は、早る気持ちを必死に押さえた。若い男は菅原の想像した通り水を詰め終わると浅瀬の向こう岸に渡り、水を滴らせながら、つづら折りの道をゆっくりと上り始めた。

菅原は密林の中を直線的に進んだ。竹取りで学んだ技術と、足の親指を動かせる地下足袋は、傾斜の強い密林の環境では絶大の効果を発揮する。立ち止まって見下ろすと密林の切れ目からノロノロと登って来る馬車が見える。

先行の馬車は峰の山頂を少し下がった所に留まり、男達が下草を刈ったり穴を掘っていた。高架線の鉄塔の土台を作っているらしい。

すでに伐採されて転がる樹木を悼《いた》むように小鳥が群れ、太陽が高い。

誰もいない。相手がたったの四人と知って菅原の気が変わった。〈よし、やるのは今だ〉犬のように地面を這った菅原は、下草をエンシャーダで払っている男の後ろに立つと竹ナイフを骨の少ない腓腹《ひばら》に深々と刺し込んだ。

うっ……と呻いた男が腹に突き立つ竹ナイフに目をやってから叫び声をあげながら手のエンシャーダを振り上げた。すかさず菅原の手の弓が唸り竹ナイフが胸に突き刺さる。

菅原は自分の計算に誤りがあるのを知った。人間とはナイフの一本や二本では斃《たお》れないのだった。男は苦痛に顔を歪《ゆが》めつつも野獣のように吠えながらエンシャーダを振り下ろし、振り回している。菅原は更にもう一本の竹ナイフを男の首に突き立てるとやっと男は膝を折り、ぜいぜいと息を鳴らせながら菅原を見上げている。

「俺を覚えているか？」菅原の声に呼び寄せられたようにウルブの黒い影が空に舞い出した。男は荒い息の下で首を横に振っている。男の仲間が異変に気がついたのか何やら大声で叫びながら走って来る。

菅原はＳＷを抜くと膝をつき、先頭の男の顔面に狙いをつけて引き金を引いた。

ドーンと銃声が鳴ると一斉に飛び立つ野鳥の羽ばたきに密林が揺れ、動物の声が沸き立った。男は駆ける自分の弾みでもんどり打って引っくりかえり、草を滑りながら音を立てて材木にぶつかり動かなくなった。

傍《かたわ》らの男は自分で首の竹ナイフを引き抜いて地面を這っている。すでに血の匂いに引き寄せられたウルブが地面に舞い降り黒い羽を左右に広げ、近くの枝にも次から次へと空から降って来る。

先頭の男が転がると二人の男達は慌てて馬車の陰に身を隠し、やがて銃声が鳴って菅原の耳許を銃弾がかすめた。ドーン、ドーン、ドーンと峰に銃声が木霊《こだま》している。

〔あぶねえ！〕菅原は体を屈めると密林の中に飛び込んだ。二丁のライフルから撃ち出す銃弾が菅原の後を追い、びし、びしっとセードロの幹に突き刺さる。

銃声が止むと、ぐるりとウルブに囲まれた男の助けを呼ぶ声が聞こえる。生きたまままついばまれる男に同情が湧くどころか爽快な気分になる。

木々を通して馬車は目に入るが死角である後ろの男達の姿が見えない。

またもウルブのついばみがはじまったのか〔ギャー〕と悲鳴があがっている。

菅原はオンサのように密林の中を音もなく這うように進んだ。

〔ギャーっ！　たすけてくれ……〕男の悲鳴に耐えかねた一人の男が馬車の後ろから飛び出し、二、三歩駆けた所で菅原のＳＷが二発鳴って枝葉が揺れ、ウルブが羽を広げた。男は地面に這って声もなくもがいていた。地獄の使者のような真っ黒なウルブが空から舞い降りると枯れ葉が舞い上がり赤い埃がうっすら流れる。

「おい、鉄砲を置きなよ！」背後に回り込んだ菅原が油断なくＳＷを男の顔に照準したままのっそりと雑草の中から立ち上がった。男は観念した様子でライフルを投げたが目には爛々とした敵意をたたえている。

菅原はすたすた近寄ると物も言わずに膝に銃弾を撃ち込んだ。ダダンと鳴った銃声に驚いた馬が一瞬棒立ちになって前足で宙を掻いた。

膝頭を撃たれた男は尻もちをついた格好で苦痛に顔を歪め、敵意は消えている。

「しばらくだったなぁ……」菅原が髪の毛を掻き上げて顔を見せた。

「あっ！　お前は……」男は絶句した。その向こうの、すでにこと切れた男達の姿は群がるウルブに覆われてもう見えない。

「俺の女を撃ったのは誰だ？　お前か？」

「お、俺じゃねえ。カルロスがやらせたんだ。本当に俺じゃねえんだ」

「そのカルロスはどこに居るんだ？」

「町の事務所に給料を取りに行ってる。今夜か明日の朝まではいねえんだが俺がやったんじゃないんだ。カルロスに聞いてくれ。い、命は助けてくれ」

両手を合わせて命乞いをしている男の顔に菅原は銃口を上げた。「たのむ！　お願いだ！　助け……」言葉の終わらない内に銃口から青白色の閃光が光り、男の右目が白い飛沫《しぶき》を上げて飛び散ると後ろに倒れ、口から血泡が吹き出した。

おかしな事に菅原に感慨は湧かなかったが、虚無感と凄《すさ》まじい疲労感に襲われてその場に座り込んでしまった。

風が立つと密林の枝が鳴り、枯れ葉がひらひらと舞い降りる。

聞こえて来る馬の蹄の音に我に返った菅原は弾倉に弾を装填《そうてん》して馬車の陰で身構えた。

先刻の水を積んだ馬車がのんびりやって来る。

やがてウルブの山を目にした男が「パーレ《とまれ》」と叫んでブレーキをかけ、御者台に立ち上がってこちらを窺っている。異変に気がついた男は拳銃を抜き出すと御者台から飛び降り、身構えながらそろそろ近付いて来る。

荒い息遣《づか》いに男の肩が上下していた。男は、やにわにウルブの群れに発砲し、驚いたウルブが埃と風を巻いて一斉に飛び立った。

腹を食い破られ、飛び出した鮮やかな色の紐に似た腸が昼の陽光に不気味に光り、黒い蝿が這いまわっている。

「ゲーッ」男は体を折ると口に手を当て、黄色い物をごぼごぼと吐き出し、後ずさりをすると、馬車の向きを変えようと馬の轡《くつわ》を掴んだ。ダンダンダン……菅原のＳＷが鳴り、男が一度馬の首にすがってから、ずるずると大地に沈み、静寂とウルブが再び戻った。

力が萎《な》え、その場に座り込んだ菅原の虚脱感が次第に寂寥感に変わっていく。

こんな筈ではない……と考えても極限の緊張の後に来るものを人は知らないものだ。

もう太陽はジャングルの西の上にかかり、獲物を貪《むさぼ》っていたウルブの姿がいつの間にかカラスに代わっている。

馬の影が長い。ほって置けばオンサの餌食……と思った菅原は馬車から馬を解き放ち、ふとドン太を思った。放された馬はしばらくじっとたたずみ、一頭が走り出すとやがて他の二頭も太陽を追うように稜線に消えていった。

菅原は無性に女が恋しくなった。それはモレナでもイトでもない、ただ自分を暖かく迎え、護ってくれる子宮への強い憧れであり、肉体の欲望を遙かに超えたものだった。


「あれあれ、お風呂に入り直す事になったね」ママイは豊満な体を、未だ息を乱している菅原の躰の上から下ろし、摘んだシーツの端で下腹を拭っている。

「済まなかったなママイ。俺もなんだか訳が分からないんだ」

「いいんだよ、でもあの調子なら……」と声を潜めたママイは「あんた、やって来たんだね……？」と菅原の頬を指で突ついた。

「……だがママイ、肝心のカルロスは居なかったんだ」

「そうかい。何人やって来た？」

菅原は黙って片手の指を開いて見せた。

「そうかい。客が減ったね……」ママイが口の端で笑った。

「ママイ、本当に済まなかった。俺はどうしてあんな乱暴な事をしてしまったのか自分でも分からないんだ」菅原は肩を落とした。

「あんた、ほんとうに初心《うぶ》だねえ。特別の事じゃないんだよ」

「……？」

「まあお聞き。死から解放された時の男ってがむしゃらに女が欲しくなるんだよ。だから、戦争の時なんかに強姦が増えるのはそのせいなんだ。最初は皆そうなるって話だよ」

「……そう言うものなのかねえ。それにしても悪かった。泊まり代とママイのサービス料はちゃんと払わせて貰うから許してくれよ。いいかい？」菅原は彼女の豊かな胸を見上げた。

「……泊まり代はもらうけど、サービスはあたしの餞別《せんべつ》だよ、ところで、もういいんだろうね？また押し倒されたんじゃ、たまらないからね」ママイは笑うと女盛りの豊満な体を見せつけながらネグラの召使いを呼んだ。ドアの向こうから下の店の女達の嬌声《きょうせい》が流れて来る。

風呂に入りピンガを飲むと先刻の狂気が嘘のように治まっている。温厚な思想青年の菅原が血のリチュアルを終え、今、文字通りのブラジルのジャングルに咆哮《ほうこう》するオンサになろうとしている。

傍らのＳＷの弾倉を開き、勢いをつけて回す。黒く光る弾倉はキリキリ……と音を立てて回り、その向こうにゆっくり大地に沈む男達の姿が見え、菅原は明日が待ち遠しい。窓の向こうのブラジルの空は今夜も豪華絢爛に輝いている。

昨日の現場に戻った菅原は思わず慄然《りつぜん》とした。五人の男達の死体は、たった一晩で殆ど白骨化していた。マラブンタと呼ばれる獰猛《どうもう》な蟻の仕業だ。辺りを見回しても蟻の姿はなく菅原はほっと胸を撫で下ろすとカンポに向かって坂道を歩き出した。

渓流の音が次第に高くなり、やがて岩を噛む白い渓流の上を飛び回る色鮮やかな真紅の鳥が二羽、時折舞い降りては次の岩に飛んでいる。

川の向こうのジャングルの端にテントと馬囲いが見えるが、囲いの中に馬の姿も無ければ馬車も無い。菅原の見上げる空にはすでにウルブがゆっくり輪を描いて舞っている。

向かいの中腹に赤い埃が流れ、朝日の中を下りて来る三頭の騎馬の一隊が見えた。

菅原は急いで馬囲いの柱の陰に身を寄せて一隊を待った。上着を脱ぎ、ホルスターのホックを外し、軽くグリップに腕を触れさせている。この方法だと銃を捜す必要もなく、目標に素早く弾丸を送れるからだ。空中に飛ばした竹トンボを撃ちながら覚えた必殺の技だ。

先頭の大男がカルロスなのは直ぐに分かったが、背広にネクタイを締め、ピカピカの黒い乗馬靴を履いた別の男に記憶はない。どの男も、山道での現金輸送の為にか腰には拳銃を下げ、もう一人の男はしっかりとライフルを抱えていた。

大男はキョロキョロと辺りを見回し、名前を呼んでいる。

「お前たちの仲間を探してるんなら居ないぜ。あいつ等の腹の中さ……」菅原は空に舞うウルブを指さして笑った。

「なに？　なんだ手前は？」喚《わめ》くカルロスの後ろの男のライフルが動いたがそれより早く菅原のSWが鳴り、ぐらりと馬上で揺れた後、頭から落ちた。

「やっちまえ！」カルロスの叫びと同時にSWが鳴って別の男が馬から落ちた。それを目にしたカルロスは後ろも見ずに一目散に馬を駆った。距離があくと菅原は落ち着いて片膝を地面につき、十分に狙ってから引き金を落とした。

ドン「あうっ！」と叫んだカルロスがのぞけって落ち、少し馬に引きずられて止まった。

乗馬靴の男が何か言いかけると菅原が手を上げて止め、もがくカルロスの頭に銃弾を送った。パッと赤い飛沫《しぶき》があがってカルロスが静かになり、ウルブが赤土の道に降りた。

身なりのよい男が菅原に声をかけた。

「私は君たちの怨恨にはまったく関係のないエヂソン電力の者だが、どうですか、我々は強盗に遭ったと明日会社に報告しましょう。君はその間に州外に出る、勿論この馬車に積んでいる彼等の給料は君のものだが……」

菅原が首を横に振った。

「ほほう、私も撃つ……という事ですかな？」

菅原は大きく頷いた。

「これは厄介な事になりましたな。断っておきますが、私も銃のプロですが……」

「勝負は時の運じゃないですか？　その上、アンタに顔を覚えられてしまった以上、他に方法がない。僕とここで会った事がアンタの運命だったんだ」

「……よく分かりました」伊達男は仕立てのよい上着のボタンを外すと前を開いた。銀色のコルト四十五口径、シングル・アクションが光っている。

すでに旧式の仲間に入った銃だが、グリップの位置が、早抜きに最も適した銃だ。弾丸の破壊力も菅原の三十八口径よりずっと大きい。この時代にシングル・アクションを持つ者がプロの中のプロである事を知る由もない菅原は落ち着いている。

距離は約十五メートル、コルトの男がゆっくり左脇を見せて歩き出した。銃を抜く腕の動きを相手に見せない為だ。菅原はそれを読むと棒立ちのまま、乗馬靴の止まるのを待った。空に舞うウルブの影が赤土の地面をかすめ、一切の音が消えていた。

コルトの男の体に絶対の自信が満ちた瞬間に、菅原が口を開いた。

「うかがうが、アンタの靴のサイズは？」ドン！　銃声は一発しか鳴らない。

菅原は脇の下に灼熱《しゃくねつ》の火箸を当てられたような痛みを感じた。一方、伊達男はすでに地面に俯《うつぶ》せに横たわり断末魔の痙攣を見せて、顔の下に血の輪が広がっていく。

キーーーイ、キーーーーイとウルブが鳴き、道には半分羽根を広げたウルブがよちよち歩き回っていた。

伊達男は菅原の心臓を狙い、たったの四センチしか外れていない程の恐ろしい腕前の持ち主だった。菅原は最初から男の顔面を狙っていた。二人の運命を分けたのは狙った的、すなわち頭部と心臓の大きさだったのだ。

傷が単なる擦過傷《さっかしょう》と知った菅原は冷たい汗を意識しながら、伊達男の乗馬靴と上着、給料の銀貨の革袋を頂戴して馬に跨《また》がった。特別な感慨はなく、するべき事を成しとげた満足感だけが体に心地よい。

〈モレナ、ドン太よ、お前達の恨みはたしかに晴らしたぞ。縁があればいつか判らないが、またあの世で会おうじゃないか……〉

ママイの部屋に入って来たネグラの召使が黙って窓の外を指さしている。

「なんだよ……」と寄った窓の下、マンゴの木の下に菅原が立っていた。

「お前、早くローズを呼んでおいで」召使を追い出すとママイは窓を開いた。

菅原は「部屋代とサービス料だよ」と皮の金袋をマンゴの樹に吊るして笑った。

「そんなの要らないのに……」ふとママイの声が詰まる。

部屋に来たローズが手を振った。

菅原は「お陰で全部片づいた。ありがとう！」と馬に飛び乗り首を回すと「また寄せて貰うよ。それじゃバイヤ・コンディオス！　達者でな」と言葉を残して夕日に向かって去って行く。

その後ろ姿を見送るママイが「いい男だねえ……」と溜め息をついた。

「あれ、ママイ、彼に惚れたんじゃないの？」ローズがからかった。

「バカな事を言うんじゃないよ。淫売のアタシ達が男に惚れちゃあオシマイって言うもんだよ」

と言うママイの頬が赤くなっているのは夕日のせいだけではないようだ。

ガリンペーロの詩

大アマゾン川の支流、マデイラ川を南へ逆上ると（川は北へ流れる）やがてボリビアの国境に当たる。その少し手前にある町がポルト・ベーリヨだ。

十六世紀に入植者を保護する為に出来たこの古い町は、まるで深い密林の海の中にぽつんと取り残されたようなロンドニア州の首都だ。サンパウロから地図で直線二六〇〇キロの距離にあって、交通はアマゾン川からの水路しかない辺境のまた辺境にある。

産業は牧畜、小麦、バナナ、コーヒー、柑橘《かんきつ》類にカンナ（砂糖黍）、マイス、パルメラとあらゆる農業に適したこの田園都市の人口は当時で三万を数えていた。

農業国のブラジルでこの種の町は多い、だが、他と違うところは西のアンデスの山々の雪解け水が注ぐマデイラ川に砂金が採れる事だった。

雨期が終り乾季を迎える五月頃から、ガリンペーロと呼ばれる、一攫《いっかく》千金を夢見る男達がやって来る。当然、町には多くのボアチが生まれ、客層に応じた女と値段を定め、貧しい労務者専用から中級、そして裕福な農園主や山を当てたガリンペーロには、スラブ系を初めドイツやフランス、イタリア等のヨーロッパ人の白い肌を揃えた賑わいを見せていた。

そのポルト・ベーリヨから四、五十キロ上流のカショエイラと呼ぶ所の川岸は、びっしりとガリンペーロの小屋が立ち並ぶ無法地帯であり、千人前後の男達が朝から晩まで川床から砂金を採っている。運のいい者は数カ月で一生遊べる山を当て、それほどの幸運に恵まれない者でも二、三年も辺境の暮らしを我慢すれば農園を買う程度の金が出来た。

氾濫が多いこの地帯の彼等は、パハ（はうき草）を葺《ふ》いたチョーサと呼ばれる高床式の小屋に住み、カヌーや徒歩で思い思いの場所に出かけて砂金を掬《すく》う。

彼等の最大の敵は孤独だった。いかに志の堅い者であっても、辺境の大自然の中で独りで暮らす者の心の隙に、病魔のように孤独は忍び込む。一方、誰でも多少の金を持った者は、何時奪われはしないかと疑心暗鬼《ぎしんあんき》、それに加えて抑圧された欲望は点火寸前のダイナマイトのようなものだ。寂寥《せきりょう》と孤独の処方箋は酒、女と喧嘩しかなく、当然の事ながら男達の気は荒い。

ここからポルト・ベーリヨ迄の昼なお暗い鬱蒼《うっそう》と生い茂るジャングルの街道をガリンペーロ達は一刻の快楽を求め、また砂金を貨幣に替える為にポルト・ベーリヨの町にでかける。距離にして四十キロ余りの町に向かう馬車には相当の砂金が積まれてあり、その砂金を狙う強盗が出没していた。

ガリンペーロの社会は色々な過去を持つ者、人種は主にヨーロッパ人が圧倒的に多く、色々な言葉が飛び交い、教養の高い者も少なくなかった。世界事情や知識に飢え、官憲の手に追われる菅原にとってそこは格好の隠れ場所であると同時に情報センターでもあり、また金の稼げる有り難い場所だった。ピンガに溺れる事もなく、賭け事にも手を出さない菅原は、この社会では口数の少ない真面目な大人しい青年とすこぶる評判が良かった。強いて〝難〟と言えば彼の人種だった。

ある日、菅原は砂金を換金するため、数人のガリンペーロと馬車でポルト・ベーリヨの銀行に向かっていた。サンパウロのジャングルとは違い、ここは動物が多く猿が枝から枝へ渡り、鳥の囀りが喧しい。金や銀色の金属的な色の羽を持つ蝶が暗いジャングルに浮いたり沈んだり、そして色鮮やかな鳥がギエー、ギエーと鳴きながら飛び回っていた。

倒木に馬車が遮《さえぎ》られた。町へ行くと言うので、それぞれ一張羅《いっちょうら》を着た仲間がブツクサ文句を言いながら倒木に手をかけるのを待っていたかのように三方の樹の陰から四人の覆面の男達がライフルを手に現れた。

たちまちガリンペーロ達が手を上げたが菅原は馬車の縁に座ったまま、冷やかに強盗達を見つめていた。

仲間の一人が「手をあげて黙って金を渡してやんな。また採ればいいじゃねえか。こんな所で殺されたんじゃ元も子もないぜ」と親切に囁いてくれた。

「いや、それもそうですね……」にっと笑った菅原が腰をひねった一瞬、SWが鳴って目の前の男の顔に弾丸が撃ち込まれた。男が倒れるより早く馬車からバネのように跳ねた菅原は忽ち二人の強盗を葬《ほうむ》った。

残った一人は慌てて背中を見せて逃げ出す。ここにきて勢いづいたガリンペーロ達が追い詰めて、縄で縛りあげて連れて来た。よく見ると菅原と同じような年齢の男で、すでにガリンペーロに殴られた顔が腫れ上がっている。

ふと、すでにお尋ね者となった自分の未来をその男に見たような気がして菅原の心は沈んだ。

話題の少ないガリンペーロの世界で毎日菅原の武勇伝が語られ、次第に話に尾が付き鰭《ひれ》が付いて四人だった強盗の数が十人にもなってしまった。反面、菅原は前にも増して無口になったが、人から世界情勢を耳にする時だけは目を輝かせて聞き入っていた。

「すごい奴が仲間にいるもんだ。だが、あいつは一体何者だべ……」

「何者だっていいじゃねえか、アイツが強盗だったら、俺たちは今頃、あの世で金を採ってるんじゃねえか」

「もっともだ、アイツは大事にしておかねえとな……」とこんな調子でガリンペーロから祭り上げられた菅原はいつの間にか砂金採りを止め、ちいさな砂金採りのコムニテーの警備係となり、町に行く馬車に付き添ったり、喧嘩の仲裁などの私設保安官になっていた。

治安が良くなると町との交流が盛んになり、町の警察や商店主などの受けもよく、菅原はこの辺りの名士になりつつあった。

警備の謝礼、裕福なガリンペーロ達からの付け届けで菅原の収入は砂金採りよりずっとよくなり、馬や着る物にも注意を払うようになると当然のことのようにポルト・ベーリヨの上流社会からの招きもある。一八〇センチの体は巨人ぞろいの彼の国では小柄だ。だが、引き締まった鞭のような体の身のこなし、濃い眉の下のもの憂げな黒い瞳をした体を、仕立てのよいスーツに包んで街を行く菅原を、人は袖を引いて眺めた。リバーサイドの帽子の鍔《つば》に軽く手をかけて慇懃に挨拶を送る菅原に溜め息をつく婦人もいれば、我先にと抱きついて膝にまたがってくるボアチの女もいた。

古いポルトガルの上流社会に出入りする菅原は、そこでダンスを初め一般的なハイソサエティーのマナーを学び、夜はキャンプの焚火を囲みながら各国から集まる知識豊かなガリンペーロ達との語り合いを通じて世界を眺めていた。

滝のような音が響いている。遠いアンデスから砂金を運んで来る黄金の響きだ。

「私はロシアを破った日本を知らないが、どんな人達なのでしょうかね？」ハンガリアの貴族を自称する中年の男が菅原の顔を覗き込んだ。カマをかけているのだ。

「さあ……、どうしてですか？」菅原は、一度茹《ゆ》でた四十センチ程に切ったワニの尾の腹の部分をナイフで開いて焚火の網にかけた。

「……アジアの誰も知らなかった小さな国が、あれよあれよというまに工業先進国の仲間入りを果たした途端にロシアをやっつけてしまいました。ですので、どんな人達なのか好奇心がありましてね」ガリンペーロ達の赤い焚火があちこちで燃えている。

ジージーと肉の焼ける音と鱗《うろこ》の間からにじみ出す汁が滴って灰と火の粉が舞う。白身のところはそのまま塩をかけ、スプーンで鱗から掻き剥いで口に運ぶ。こんな夜のピンガは格別に旨い。

「勤勉な国民なんでしょうね」菅原は当たり障りのない返事だ。

「その勤勉の基にあるのは、一体どんな信仰なのですか？」

「仏教……でもあるし、日本古来の神様もあれば、勿論キリスト教徒もいます。ですが一口に言えば、宗教は飲み込んでも未消化のままなんです。言い換えれば、実は何も信じていないような気が僕にはしているんですよ。えっ、僕ですか？　僕は……無神論者ですが、最近は人間には運命があるような気がしているんですよ……」菅原は言葉を切るとジャングルに挟《はさ》まれた狭い空を見上げた。

日本を逃れてブラジルにやって来た自分、農夫になり、清野イトに恋をし、モレナとの甘い将来を考えた何ヶ月があって、今は十一人の命を奪ってしまった自分……。その数奇な人生を語る時、運命としか言いようがなかったのだ。

「やはり運命なのでしょうかね。専制君主制度の中で保たれて来た秩序が、今は台頭する色々な主義の理想の名の下に、一切のメリットの考慮もなく抹殺されようとしています。ですが、そのどの運動でも目的は一つ、覇権《はけん》主義なのですが、新しい物を求める民衆はその結果を考えていないのです。民衆は頭に戴く者が、国王であろうと独裁者であろうと、とどの詰まりは同じ覇権の野望であることに気がつかないのです」

「でも、社会主義は違いませんか？」

「違う……と言いたいのですが、王様が同じ人間の指導者に替わっただけである以上、結果は悪くなっても良くなるとは思えませんね。人間に欲望と恐怖がある限り本当の幸せはないのではないでしょうか……？　この状態の先は、私にはどうしても戦争が起こるような気がしてなりません」ハンガリアの貴族は悲しそうな顔をすると空を仰ぎ、鰐の肉を口に運んで目を細め、流れて来るアコーデオンのポルカに耳を傾けた。

今夜もガリンペーロ達の夜は平和そのものだったが、菅原の心に平和は遠かった。

この前年、一九一二年九月に明治天皇が逝去《せいきょ》し年号が大正と改められた。その前年にポルトガル国王マヌエル二世がイギリスに追放されて専制貴族制度は終わった。その前に帝政ロシアの首相ストラピンが社会主義者デミトリー・ポグロフに暗殺され、専制と民主、理想と体制が真っ向こうから対立しながら国粋、覇権、経済の主義も加わって血の二十世紀の序曲が始まろうとしていた。


スラブ人特有のバリトンの歌声が対岸から風に乗って流れ、赤々と燃える焚火が水面に映っている。こちらの岸ではアコーデオンがいつの間にかマンドリンに替わっていた。

〔この人達は帰る故郷も人生のゴールもしっかりと持っているのに比べ、自分には帰る故郷も無ければ未来も無くなってしまった。一体自分はどこに行こうとしているのだろうか？〕何回も繰り返した疑問だが、一度も結論に達した事はない。そして持て余す無聊《ぶりょう》をてっとり早いピンガとボアチの女の嬌声に忘れるのが常だった。〔俺は屑だ。人間の屑でしかない……〕と思いながらも他に自責から逃れる術もなく、灯りを慕う昆虫のように菅原は夜道に馬を駆る。

小さな街のボアチは春を売るだけの場所ではなく、シャンデリアが輝き、ピアノが朝まで響く裕福な農家や町の名士達の社交場でもある。

「ゴンザレスさん、儂が直接に聞いた訳ではないが、どうもこの二、三日貴男の事を嗅ぎ廻っている男が町に居るという話ですよ。しょっぴいて尋問してもよいのですが、その口実がないので……。当分は気をつけてくださいよ」親切に耳打ちしてくれたのは警察の署長だった。菅原にピンと来たのは、前に捕らえた強盗の仲間の生き残りが護送の途中に数人の囚人と逃げ出した事だった。

「その線は儂も考えましたが、人相が符号しない。四十才前後の背の高い紳士然とした男だと耳にしましたが、まあ気をつけて下さい」

「どこにその男は泊まっているのでしょうか？」

「いや、それは私の口からは言えませんが、ボアチはここ一軒ではありませんよ」署長は太鼓腹をゆすりながら葉巻をくわえ、肉付きのいい娼婦の腰の辺りに目をやった。

それから三日目の夜、再びボアチを訪れた菅原の目に、武器預かり所のクロークの壁にかかるリボルバーに目が止まった。コルト・シングル・アクションの四十五口径の美しいニッケル鍍金《メッキ》された銃だ。菅原はクロークの係に持ち主を尋《たず》ね、カウンターに立った。

「ボン・ノッチ！」と愛想よく声をかけてきた署長の意味あり気に送る目の先に男は居た。

黒い髪を真ん中からきちんと分け、手入れのよい黒い口ひげを蓄えた長身を仕立ての良い三つ揃いのスーツに包み、じっと酒棚の奥の鏡を見つめている。

鏡の中で菅原の目と合うと薄く口の端で笑って視線を外した。

ゆっくり菅原が男に歩み寄るとサロンの話し声がぴたりと消えてピアノだけが陽気に響いてい

る。菅原はすでにこの町では評判になっていたのだ。

「今晩わ。僕をお捜しのようですが、何か……」菅原は隣のストールに腰を下ろすと鏡の中の男に微笑んだ。

「ここは蒸しますなあ。私は別に貴方を捜している訳ではありませんが、SEINOという日本人を捜しております。お心当たりはありませんか?」男はポルトガル語が不得手と見え、スペイン語だ。

「いいえ、知りません……」菅原は葉巻を取り出した。

「貴方はジャパニーズでしょ?」男がマッチを擦り、硫黄が強く匂った。

「さあ……、なんでしょうか」

「申し遅れました。私はシカゴのピンカートン探偵事務所のマッキンレーです」

灰色の冷たい目が刺すように菅原を凝視《ぎょうし》している。

「ほほう、これは随分遠い所からSEINOを捜しに来られたものですね」菅原は皮肉に笑ってマッキンレーの差し出した名刺をカウンターに置いた。

「実はSEINOなのかKIYONOなのか、はっきりしていないのです。日本語にはいろいろな読み方があるらしいですな」

「そうでしょうかね。ところでその人を捜していらっしゃる理由は?」

「私の同僚がその男に殺されました」傍らの署長が聞き耳をたてている。

「……それで仇討ちですか?」

「いいえ、このケースにけじめをつける為です。私どものピンカートン社は世界で最も権威のある探偵社でしてな。鉄道、電信の施設から現金輸送、身辺警備をしておりましてケースは必ず解決します」マッキンレーはバーボンの氷を鳴らした。

「………?」

「昨年、サンパウロ州で数人の電気工事の労務者と私どもの同僚が撃たれました。撃った男がSEINOだったんです」

「どうして名前が分かったんです?」

「その男の住んでいた家に残っていた服に名前がありました。日本のコーベのテイラーで作ったものでした。日本語の翻訳家に見せた所、SEINOかKIYONOという名前だと判明したのですよ」サロンに話し声が戻り、署長が身を乗り出した。

「……で、その男を見つけて捕まえる訳ですな?」

「おっしゃる通りですが、なかなか難しいでしょうな。なんと言いましても相当の腕の持ち主のようですから……」

「……」菅原は葉巻の煙を目で追いながらマッキンレーの言葉を待った。

「多分、抵抗すると思いますが、その場合、私がその男の息の根を断ちます」マッキンレーの言葉には絶対の自信がこもっている。

「逃げたらどうしますか？」

「万一、逃げれば北極でも南極でも追います。それが、我が社の伝統なのです」無駄な事だよ……とマッキンレーの灰色の冷たい目が語っている。

「伺いますが、どうしてそのセイノと僕に関係があるのでしょうか？」

「ゴンザレスさん、貴方がこの前に強盗を退治した見事な手口ですよ。あれ程の腕前の持ち主はアメリカにも少ないでしょうな」一度バーボンを舐めたマッキンレーは菅原の耳元に口を寄せ
「二つの現場に残っていた薬莢を鑑定しましてね、同じ銃のものだと分かったんです。しかも、只の一発も無駄にしてなかった」ピアノがアメリカ民謡、デイキシーランドを弾き始めるとマッキンレーが嬉しそうに目を細めて聞いている。

葉巻を取り出そうと菅原の手が動いた瞬間、目にも止まらぬ早さで動いたマッキンレーの手にデリンジャー上下二連の小型拳銃が握られていた。

署長が立ち上がるとマッキンレーは「これは失礼しました。腰の銃はお預けしたんですが、ポケットのこいつは忘れておりました」と笑いながら署長に差し出した。

理論、感情を一切超えたマッキンレーの動きは多くの場数を踏んで生れた本能によるもの……と悟った菅原は絶体絶命の自分の立場を知った。抜いてからの銃の精確さは菅原にも自信はあったが、抜くまでの速さに自信がない。

マッキンレーの同僚との撃ち合いの折り、勝負は頭と心臓の大きさによって決まり、しかも靴

のサイズを聞いて相手の気勢を削ぐ菅原の戦略も通じなかった。それどころか、その戦略を利用して四十五口径の巨大な弾丸を送って来た。

「マッキンレーさん」菅原が顔を向けた。

「イエス?」

「お会いする時は貴方と私の二人だけですか?」

「……そう願いたいものですな」マッキンレーの目が笑っている。

「明後日、強盗の現場の森でお話を伺いましょう。九時では……?」

「結構です。助かりますよ、それなら十一時の船に乗れますからな」マッキンレーの自信は菅原の敵愾心《てきがいしん》を異様に燃え上がらせた。


ジャングルの朝は遅く、見上げる森の梢はミルク色の霧にすっぽり包まれていた。

湿った薪の煙が棚のように森の中に流れ、べっとり朝露を吸ったズボンが冷たく重い。

コカーッ、ココ、ココ……と吠え猿、ギーイ、ギーイ、ウイップ・ホー、ウーワッ、ウーワッと見えない野鳥の声が梢から降り、時折滝の水音が聞こえて来る。

マッキンレーは馬を木に繋ぐと上着を脱ぎ、コルトの弾倉を一つ一つ回して装弾を調べてホルスターに戻し、それからベルトの位置が丁度右の手首に銃のグリップが来るように下げた。十メートル以内の敵に対する必殺の決闘姿勢はアメリカの伝統だ。

大きく一度息を吸い、ゆっくり吐くと気が漲り、自信が満ちて樹木の向こうに煙りを上げる焚火に向かって足を踏み出す。焚火が十五メートルに迫ったところでマッキンレーは足を止めた。

キエー、キエー、コココ………と猿が鳴いている。

「おはようマッキンレーさん！」と菅原の声が聞こえる。だが、声の主の姿はなく、その声がどこから来るのか見当もつかない。ジャングルを知り尽くした菅原は口を手で覆い霧の中に声を投げる。音を吸った霧はそれを分散して四方に散らせるの聞く者は方角が掴めない。

「セイノ君、どこだ？　姿を見せたらどうだね」視界の開けた場所での戦いに慣れたマッキンレーは初めて自分の立場を知り、恐怖を覚えた。

「僕はセイノでもなければキヨノでもありませんよ。あの洋服の持ち主から頂いたんですが、その彼も数年前に死にました」声が右手に聞こえマッキンレーは身構えた。

「また、姿を出せと言われますが、出たら最後、僕は貴方にやられます。僕にとっては自殺行為ですからね……」今度は前から聞こえる。

「姿を見せないとは卑怯じゃないかな……」マッキンレーは焦《じ》れて森に怒鳴った。

「マッキンレーさん、この森から出るのは貴方か僕の、どちらかの一人ですが、僕を見逃せば二人とも出られますよ。どうですか？」

「駄目だ。それは出来ない、正々堂々と戦いたまえ！」

「マッキンレーさん、僕は貴方に照準していますので引き金を引くだけです。ですがそれは僕の日本人としてのプライドが許さないので、もう少し霧が晴れるまで待って下さい」落ち着いた菅原の声を耳にするマッキンレーに新たな恐怖が湧く。

「分かった、君の言葉を信じて待とう」

やがて梢の辺りに明かりが差し、次第に森が明るくなって来る。マッキンレーは近くの大蛇のような蔦を幾重にも纏ったイペーの大木の根に立って辺りに目を配った。

霧が晴れると梢から漏れる陽光が下草に光の斑点を落とし始め、視界が回復した。

突然、森の木陰から幹へと走る菅原の姿がちらちら見えてマッキンレーはコルトを撃った。ドーンと凄まじい銃声が響くと、ギエ、ギエー、カカカ……、ホキャーホキャー、と鳥が鳴き声と共に一斉に飛び立ち、何千という野鳥にジャングルが騒然と揺れ、空が曇った。フッ、フッ、フッと無数の猿が枝を渡っている。

また菅原の姿……、それはマッキンレーの全く知らない世界での決闘だった。

第一に用心深い菅原は距離を二十五メートル程に絞り、樹から樹へと絶えず移動をしている。見えた瞬間には姿が消え、撃てばまた姿を見せる。マッキンレーの銃が一発撃つごとに撃鉄を上げなければならない。また遅い弾速を知っているのだ。

一方の菅原の銃は口径は大きくはないが、Wアクションという連続発射が出来る上に弾速も早く射程は長い。やがてマッキンレーは弾丸を撃ち尽くした。

シングル・アクションの銃は排莢をして装填《そうてん》には早くても十五秒はかかり、その間は全くの無防備となる。

「セイノ君、私の負けだ」マッキンレーはコルトを投げた。やや時間を置き、樹の根元から立ち上がった菅原は用心深く歩み寄り、七、八メートルの距離で止まるとSWを上げた。

「私の負けだったよ」マッキンレーが呟き、口の端に微笑を浮かべた時に菅原のSWが二発鳴ってマッキンレーの体は雑草の中に沈んだ。駆け寄った菅原は素早くマッキンレーの手の中のデリンジャーを取り上げて見下ろした。見る見る死相が顔に広がる。

「マッキンレーさん、こんな時でなければ僕たちは良い友達になれたのに……」

マッキンレーが虫の息の下で何か呟いている。耳に寄せた菅原に「船は……十一時だよ、切符は……ここ……」と言ってこと切れた。一九一三年ブラジルの春だった。

アマゾンの伝説

ポルト・ベーリヨの森でのマッキンレーと菅原の決闘は、武器、戦略において新旧の体制の交替を象徴するものであった。丁度リングの中で戦うのがボクシングのルールであるのと同様に、マッキンレーは伝統を重んじ、当然相手にもそれを期待した。ところが一方の菅原は生存の本能に基づいてルールを無視して戦い、勝利を収めた。

勝つ為、目的の達成の為には、それが如何なる手段であってもそれを正義とする社会的風潮が生まれ始めた時代だったのだ。それは日本刀に象徴される武士道、ヨーロッパに於ける騎士道の終焉《しゅうえん》を意味し、貪婪《どんらん》な新しい帝国主義がダイナマイト、毒ガス、機関銃、焼夷弾、ナパーム、ミサイルに加え、やがて核兵器等の大量殺人の兵器をひっさげて登場する黙示録の時代の幕開けだった。


「心配せんでいい、マッキンレーは事故死として会社に儂が連絡して置こう。これは君の馬の代金だ。それから、もう一つ……」署長が言い淀《よど》んだ。

「もう一つ……？」

「言いにくいのだが、二度とここの土を踏んで貰いたくない………」

「分かりました。ご安心下さい。それではご機嫌よう！」

「ボン、ボヤージ！」署長の背中に汗が縞をつくっている。

その彼には帰る家と、待つ家族があり、彼を必要とするソサエティーがある。

菅原にも同じ機会は清野イトにあったが、それを拒んだのは自分だった。そしてやっと見つけたモレナとの小さな人生の夢は無残に打ち砕かれてしまった。

恐怖を目に見せて死んでいった男達……菅原が会う人達には、二度と会う事のない宿命が用意されているような気がしていた。

ジャラジャラジャランと銅鑼《どら》が鳴り、出港を知らせる汽笛が川面を滑ると乗客の歓声があがり無数のハンモックが揺れ、船はアマゾンの支流マデイラ川を北のマナウスに船首を向けて四日間の旅についた。

ざー、ざー、ざーと外輪が水を掻き、白く泡立った航跡にカモメが群れている。乗客はそれぞれのハンモックに陣取り、揺れながらお喋りに余念がない。彼等は朝起き鳥のガラポンガより喧しく、子供達はキー、キーとマカコ（猿）のような奇声をあげて走り回っている。一等船室を予約したマッキンレーに菅原は感謝した。

一等船室は最上階の真中にあって見晴らしが良く、デッキには島の糞にまみれた椅子が並んでいる。船室は四人用の個室だが、幸いに相客はなく久しぶりに菅原はベッドに体を伸ばした。

アマゾンの支流、マデイラ川と言っても川幅は優に二キロを超え、千トン級の貨物船がすれ違う度に汽笛をボ、ボーと鳴らして挨拶を交わし、ハンモックが一斉に揺れ、こぼれたピンガが床を濡らす。

マデイラ川は菅原にとって二回目だが、前回の三等船室のハンモックの旅と今回には大きな差があり、辺りの光景も初めて見るような気がしていた。

それは余裕のある一等キャビンのせいかも知れないが、それとは別に菅原自身の人間性に変化が生まれたからかもしれない。その菅原すでに二十七才、きちんとスーツに身を固め、デッキで涼をとる菅原は全身に孤独を纏い、虚無を漂わせている。

悠々と流れる川は刻一刻と様々な顔を見せる。南のサンパウロとは違い、世界中に酸素を供給するブラジルの緑の樹海が放つ酸素は甘く、タバコがやたらと旨い。

真っ赤に川面を染めた太陽が樹海の彼方に沈むと、途方もない血のような色の月が静かに上る。ザ、ザ、ザ、ザ、と船尾の外輪が掻く水の音が単調に鳴り、青白い航跡が後ろに消えていく。

皓々《こうこう》と照る月の明かりに、負けじとばかり星達が懸命に光り輝き、無数のダイヤモンドを凝縮して作ったような天の川は、まさに天を翔《かけ》る巨大なアナコンダだ。

かって菅原はマラッカ海峡で、そしてインド洋で見上げた星空に驚嘆した。だが、それすらこの空に比べれば、どこか弱々しい。

風の向きで川は蛙の声で沸き立つ。ブー、ブー、ブー……、ピーイ、ピーイ、ヴーバ、ヴーバ、ピッチョ、ピッチョ、ガコガコガコ……。何千、何万もの蛙の不協和音が一つになって熱帯ブラジルを演出している。

暗い岸辺には無数の蛍が舞っている。ピカッと光っては消えるのは雌の蛍だ。雄は数秒光って雌を誘う。〔僕はここだよ……〕〔アタシはここにいるのよ……〕と語り合いながら追いかけ、追いかけられている。

蒸気機関の薪の煙が時折風に追われて降って来る。それを避けて一方のデッキに寄り、何気なく目をやる下の舷側には抱き合うカップルの姿がある。ぽそぽそと声をひそめて語る者もあれば、しっかり抱き合う若い二人もある。その中に混じって夜目にも初老と分かる二人連れの、恍惚とした顔があった。日本では想像もできない風景だ。

一切の人間の匂いを拭い去った大自然の中での人間は余りにも悲しく小さい。だからこそ、限られた命を無駄にする事なく互いを見つめ合っているのだ。このブラジルの原始の世界では、蛙も蛍も人も皆が素直に、ひたすら生きている。ここでは菅原が考えていた主義、思想も体制もまるで意味を持たない……と思った菅原は頭を振って溜め息をつくばかりだった。

朝の食事はコーヒーとパン、そして新鮮な果物だ。コーヒーは乾燥した実を挽《ひ》き、それをフライパンで万遍《まんべん》なく煎《い》りあげ、そこに熱湯を注ぐ。砂糖はたっぷり入れて甘味とほろ苦さのコントラストを楽しむのだ。

砂糖やミルクを入れるのは邪道……とおっしゃる日本の紳士達に本場ブラジルのコーヒーは合わない。パンはマンジョーカの澱粉と小麦粉を練り合わせ、時間をかけて炭火の竈で焼いた物で、外側は歯応えがあり固めだが、中身は粘りのある柔らかさで、これも慣れると病みつきになる代物だ。

堂々と……と言いたいが、菅原の乗る古い外輪船は左右に聳《そび》える巨大な商船の間に隠れるように錨を降ろした。横浜よりも船の数は多く、真っ黒い鋼鉄の船体にブラジル国旗を翻《ひるがえ》した軍艦に混じり、カヌーがすいすいと水スマシのように滑っている。

大アマゾン川の北岸にある町マナウスは紺碧の空の下で物憂げに菅原を迎えた。一九一三年、ブラジルの真冬だった。気温は三十度を越え、高い湿度にじっとしていても体が汗ばむ。

埠頭《ふとう》は活気に溢れ、すっかり顔見知りになった乗客同士が手を振りながら散っていく。

商船はいずれもマストにユニオン・ジャックを掲げたイギリス船が多く、中にはオランダ、ドイツやフランスの船もあり、無意識のうちに日章旗を捜した菅原は苦笑して町のホテルに向かった。

ホテル客の大半はイギリス人で、ここではポルトガル語はあまり聞かれない。文明に遠く取り残されたブラジルの奥地で発見されたゴムは、急速に進む文明になくてはならない当時の貴重品、そしてイギリスは、広大なアマゾン流域のゴムの利権を手にしているのだ。

まさにゴムは黄金のなる樹、しかもブラジルでしか出来ない為に当時のブラジル政府は〝種〟の持ち出しに目を光らせていた。……と言っても、後年イギリス、フランスはこれの密輸に成功し、東南アジアの植民地がブラジルに代わるようになった。

だが、菅原が足を踏み入れた当時のマナウスはゴム景気で沸き立つ最盛期に当たり、ヨーロッパの物はなんでも手に入り、見る事が出来た。その中でも豊富な書籍と、月遅れとは言え、生のニュースを伝える各国の新聞に菅原は狂喜して買い漁《あさ》り、寝食を忘れて読みふけった。

夜は、世界最大、豪華絢爛なマナウス・オペラ・ハウスに出かけてはイタリア・オペラを初めフランスのバーレスクやスカラ座の生の文化を吸収していった。

〔外国の文化に触れて初めて日本が分かる。頑迷《がんめい》な勤皇攘夷派だった高杉晋作がシャンハイを目にして愕然となり、開国論者にと一八〇度の転換を見せた。後の同志社大学の創始者新島襄《じょう》、プロイセンの青木周造、新渡戸《にとべ》稲造、森鴎外らの日本の知識的先覚者達のようにこの時代に海外に出て初めて日本を理解し、その指針を叫んだ人達もいた。

しかし彼等はどんなに外国の文化に慣れ親しんでも、日本人というアイデンテイテイーを忘れなかった所に現代の日本人と大きな違いがあり、日本を否定する風潮が支配的な今の日本人があって今日の混乱がある〕

もし菅原和夫が、犯罪者という影に追われる事なく、彼の卓越した日本観を母国に伝える事が出来たら、是非はともかく彼の名前は日本史に残っていただろう。

当時のマナウスには壮大なキリスト教会があったが、それとは裏腹に耶蘇教で言う悪の町でもあった。一般の商業、銀行、発電や運輸、農園等のあらゆる経済活動はイギリスの資本であり、町に流通する通貨もイギリスのポンド金貨だった。その町の経済の六割を支えていたのはボアチを初めとする酒、世界中から集めた白い肌とイギリスが持ち込んだアヘンが渦巻く歓楽産業だった。そんな環境がありながらも菅原は精一杯自分の欲望を押さえつつ、またと得難いこの機会を有効に使いながら、太陽の沈まない国イギリスを見つめていた。

ゴムは無尽蔵にジャングルにある。だがそれははるか遠いジャングルの奥、そこで人はマラリア等の風土病、野獣とバンデイーラと呼ばれる山賊に加えて極限の孤独と戦わなければならない。川には鰐《わに》とピラニア、毒蛇が待ち受け、侵入者に敵意を隠さない大自然の環境で人は孤独に押し潰され、発狂寸前の精神状態に陥るものだ。この苦痛に対してゴム会社は破格の値段でゴムを買い対価を支払う。金貨を受け取る頃の採取人の精神状態は限界にある。そこで採取人は受け取った金貨をマナウスのイギリス銀行で手数料を払って現地の通貨に替え、イギリス人の店で買い物をして食事を楽しみ、イギリス人経営のホテルで豪遊する。ボアチに行って飲み、そして女を買って次の日はすってんてんとなる。

なんていう事はない。人間の孤独という弱点を衝《つ》いた戦略で、自らは危険を冒《おか》すこともなく、ちゃんとゴムは採取して尚、金貨はちゃかりほとんど全額回収しているのだ。

富のある所、ユニオン・ジャックは翻る。インドの木綿、アフリカの金とダイヤモンド、アラビアの石油、四億の飢えた胃袋を持つシナ、無報酬の労働力の得られる東南アジアやアフリカの植民地……。銃剣と大砲による砲艦外交に加え二枚舌のイギリスの無駄のない〝体制〟に菅原は目をみはり、舌を巻いた。

この時代、体制に反対するアナキストによる暗殺事件が頻発《ひんぱつ》した。一八九〇年代にフランスの大統領カルノー、イタリア国王ウンベルト一世、一九〇一年にはアメリカの大統領のマッキンレーが斃《たお》れたが、ひとり、イギリスの王室も体制も〝専制打倒〟の世界的動きの中で揺るぎもしない。その秘訣は経済の安定だと菅原は悟った。人間の欲望を巧みに操作して富を約束してやれば人は不平不満もなく唯々諾々《いいだくだく》、それが他人に対しての犯罪行為であっても受け入れてしまう。そのような環境では〝不平不満〟を栄養源として育つ社会主義の未来は絶望的だった。〔そうか、金なんだ。それなら俺も金を貯めてみよう……〕そろそろ貯えも心細くなっていたのを幸いに菅原はゴム会社の面接に行った。

名前はゴンザレス、父を知らない私生児と言った。ブラジルでは珍しい事ではない。

人種はインデイオの混血と告げると簡単に採用され、監督を紹介された。

当時は監督の服装は判で押したようにパナマ帽、カーキ色のシャツにズボン、脚には長い乗馬靴と決まっている。

名前はスタイナー。茶色の髪に落ちくぼんだ瞳は冷酷そうな鳶色、鼻は鋭く尖り、人間の顔というよりも猛禽《もうきん》を思わせる肩幅の広い中肉中背のドイツ人だった。

〔よろしく……〕と菅原の差し出した握手を無視してゴム精製工場を案内する。

そこではゴム玉と称する砲丸のような生ゴムを圧縮機で平たく伸ばしている。


乗り込んだ長さ十五メートル程のカヌーを二人の精悍《せいかん》なインデイオが繰る。河童頭の彼らが流暢《りゅうちょう》にポルトガル語を話すのが奇異にうつった。

「お前の作業は採取したゴムのボールをつくるだけだ。引き取りは二週毎の土曜日に大型のカヌーが来るので、その時現金で支払われる」

「どこに来るんですか?」

「お前の小屋の近くの浜だよ。ブジーナ(角笛)が鳴ったら出てこい」スタイナーは面倒臭そうに言葉を吐くと油断なく目を四方に配っていた。

カヌーはアマゾン川の北岸に沿って東へ進む。紫色の花が一面に咲く緑の牧場に乗り入れたと思うと、そこは浮草の草原だ。時折魚が跳ね、右手のジャングルの枝から枝へ渡る猿がカヌーを追っている。

川の中程には流れがあるが岸に近い辺りの水面は淀み、時折大きな渦がある。一時間程進んだ入江の奥の浜辺に大きな高床式のバンガローがあった。涼しそうな水色のカーテンが風に揺れ、バルコニーのブロンドの婦人が立ち上がって手を振っている。

「私のワイフだ」初めてスタイナーは目で笑った。

「ここにお住みなんですか？」

「そうだ、エステ・メオ・カサ」と頷いたスタイナーは菅原の作業場から陸路で徒歩で二時間、水路で三十分位の距離だと言う。

「ご家族は……？」

「娘が一人だ。息子もおるが、ドイツの学校に行っておる」

「お寂しいですね？」

「そうかなあ。私達は大いに満足しているがね。ところで、お前が本当に仕事をやる気になったら、ラバが要るぞ。そしてカヌーもあったら便利だ。その時は私に言い給え、世話をしてあげよう」

「助かります。早速ですがカヌーをお世話下さい、多少の金は持っていますので」

「よろしい。値段は三ポンドだが、よければ明日にでもインディオに持って行かせるが……」と言いながらスタイナーは丸太のように浜に寝そべる鰐を眺めている。鰐は大きな口を開き、白い小鳥が口の中に出たり入ったりしている。歯の掃除をしているのだ。

「以前にはこの辺りに沢山おったが、最近は少なくなった」

「食ってしまったんじゃないんですか？「

「ほほう、お前は鰐を食べるのかね？」スタイナーに興味が湧いた様子だ。

「はい、後足から尻尾までは白身で結構おいしいです」

浜岸に建つ小屋は高床式の、最近まで菅原が住んでいたマデイラ川のと同じだが、大きな水桶と手押し車、それに無数のブリキ缶とバケツがあった。「前のヤツはたったの二ヶ月で逃げ出したんだ……」スタイナーはいまいましそうに呟くと水桶を足で蹴ってひっくり返した。泥が水を吸うと無数のボーフラがぴこぴこと跳ねている。

「まあ、先の事だが、余裕が出来たら散弾銃を買いなさい。時にはオンサも出るが、一番悪いのは四つ足のバンデイーラという山賊だ。こいつ等はお前達が金貨を持っているのを知って襲って来る事がある。金貨は隠すのもよいが、やはり、いつも体に付けて置くのが一番だな。それとは別にだ、フルチヴォと呼ばれるジャグワの密猟者もおるんだよ。ま、この辺で人影を見たら遠慮なくブッ放す事だな、アハハハ……」とスタイナーは豪快に笑った。

ゴムの樹液は朝が一番良く採れる。暗い内に起き出し、鸚鵡《おうむ》の嘴《くちばし》のような先の曲がったナイフでゴムの樹に螺旋状《らせんじょう》に傷を入れ、流れ出す樹液を缶に貯める。それから缶に貯まった樹液を今度はバケツに集める。扱う樹が多ければ多い程金になるわけだ。

バケツを積んだ手押車を押しながら菅原はゴムの林を駆け回り、昼からはゴムの玉を手で作り、水の中に漬ける簡単な作業だ。

プホー、プホーと角笛（プジーナ）に呼ばれて浜にゴム玉を持って行く。その場で秤《はかり》ではかって金貨が支払われる。最初の二週間で菅原は九ポンドの金貨を稼いだ。

〔悪くない。この侭もっと多くの樹木を手がければ一月に二十五ポンドの稼ぎも可能に思える。金さえあれば事業も出来るし、日本になんとか帰る方法もある……〕

事実、僅か一ポンドの金で数アルケールの土地が買えた時代だ。菅原は日本に帰れなくても、このブラジルで大農園のパトロンになる事も可能だと思うと胸が膨らむ。

清野イト……の夢を今自分が見ている、と考える菅原の胸は複雑に揺れた。

菅原はカヌーを楽しんでいた。五メートル程の小さなカヌーだが速度は思ったよりもあり、小さな入江等に漕ぎ入れて咲き乱れる花に時間を忘れて見惚《と》れ、カピパラを脅かし鰐をからかい、アナコンダ（大蛇）を見かければ今度はこちらが夢中で逃げる。中洲は水鳥の天国で色とりどりの野鳥の姿が見え、菅原はすっかり孤独を忘れていた。

ある日、少し沖に漕ぎ出して遊び回った後、帰る自分の浜が分からなくなってしまった。菅原の小さな小屋は緑のジャングルに溶け込み、浜岸はどこも全く同じに見える。

やがて西の空に赤みがさし、壮大な落日が始まると菅原は焦った。彼は必死にカヌーを漕いだが夕暮れのジャングルに溶けこみ完全に分からなくなってしまった。

入江の奥の、人家の灯りを目にした菅原はほっと胸を撫で下ろし、桟橋《さんばし》にカヌーを繫いで階段を上った。特徴のあるアップライトのピアノの音がバンガローの中から流れて菅原はちょっと耳を傾けていた。

「動くな、その侭手をあげろ！」聞き覚えのあるスタイナーの声が背中に聞こえた。

「なんだ、貴様。ゴンザじゃないか。何をしてるんだ？」スタイナーは銃の狙いをつけた侭だ。

ピアノの音が止まっている。

「その……実は……」と菅原は正直に迷った事を告げた。笑ったスタイナーはやっと銃を腰のベルトに収め、家に案内した。

「お母様あ、この人、自分の帰る家が分からない大変なお馬鹿さんですって」セーラー服のブロンドの年の頃十七、八才の少女が菅原を指さして笑いながら母親に声を投げた。

「あたくしはスタイナー夫人のハンナです。これは娘の……、言いかける夫人の言葉に被せるように「ナタリー・スタイナーです」と軽く膝を曲げて娘らしい挨拶だ。

「どうも初めまして、ゴンザレスです」と菅原は姿勢を正すと慇懃に腰を屈めて彼女の手を取りその甲に軽くキスをした。

「あら、お母様……」母と娘が顔を見合わせている。マナカプール（ゴム採取人）の思いがけないマナーに驚いたのだ。ポルト・ベーリヨの上流社会で身につけたマナーだが、スタイナー一家にそれを知る由はない。

腸詰めのソーセージに野菜のスープ、ホーム・メードの焼きたてのパンは匂いだけで菅原の食欲をそそった。旺盛な食欲を見せる菅原に向かってナタリーが「あんた、ずっと食べてなかったんでしょう？」

あわてたハンナ夫人が嗜《たしな》めるが、ナタリーは平気で気にもかけない。

「いや、食べてはいるんですが、こんな本格的な夕食はしばらく振りなんですよ」最後のソーセージの一切れを口に運んで、やっと菅原はナプキンで口の端を拭った。

「フーン、また食べに来てもいいわよ」セーラー服の少女は笑った。

食事の後でバルコニーでコーヒーを飲む。ハンナ夫人がナタリーと食事の後片付けをしている。食器の触れ合う音がかすかに鳴り、蛙の声がむせかえるように湧いている。

パイプの煙草に火を点けたスタイナーが菅原に顔を向けた。

「丁度よい機会だから尋ねるがね、君は一体何者なのかね？」どこでも受ける質問に菅原は慣れている。菅原の呼び方が、お前から君になっていた。

「僕は貴方の下で働くマナカプール（採取人）ですが……」

「そうかね。マナカプールがモンテスキューや、アダム・スミスを読むだろうか？　いや、先日君の小屋に行った時、留守だったものだから、ちょっと休ませて貰ったんだが、その時に目についたんだ。悪く思わないでくれ」

「お父様、コーヒーですよ。オバカさんも如何？」ナタリーの言葉にスタイナーが慌て、菅原は苦笑した。

「いやあ、済まん。一人娘だものだから、すっかり甘やかして……」

「結構ですよ。美貌は特権ですからね……。あ、僕もコーヒーを戴きます」

「あら、お父さま、この人、それほどのオバカさんじゃないみたい」

「これナタリー！　お母様を手伝いなさい。滅多に人が来る機会がないものだから……失礼した。ところでだがジャン・ジャック・ルソーの契約論とかヴォルテールも読んでいるようだが、一体何の為にかね？」

「単なる……個人の興味です」

「そうかね？　しかも英語の翻訳本だったが…………」夫人とナタリーのやって来る姿を目にしたスタイナーは口をつぐんだ。

「あなた、マナウスのオペラ・ハウスで来月リゴレットを上演するのですって。あれは誰の作でしたかしら……？」ハンナ夫人が頭をかしげた。

「あれは、イタリアのジョゼッペ・ヴェルディです」音楽好きの菅原の雑学が生きた。

「まあ……。ゴンザレスさん、貴方は何者でいらっしゃいますの？」

「私も聞いておるんだが、なかなか言わないんだよ」とスタイナーが煙を吐いた。

「あたしは知っているわ。この人はオバカさんの振りをしているけど、本当はどこかの国を追われた王子様でしょ。本当の事言わないとピラニアの餌食《えじき》よ」ナタリーが無邪気な目で菅原の顔を睨んだ。「ハ……」スタイナーの笑いにつられて皆が笑うとホーム・スイート・ホームの温もりが生まれ、菅原はそれを心から楽しんでいた。

蛙の鳴き声が高い。耳を傾けるスタイナーがハンナに顔を向け「今夜はよく鳴くね」と声をかけた。「本当ですわね。もう雨の季節ですもの……」とスタイナーに寄り添うハンナ夫人の目に星の影はなくアマゾンは黒く流れていた。

雨期と言っても毎日雨が降る訳ではない。ラバを買った菅原はバケツを積んだ荷馬車でゴムの林を回って樹液を集め、陽のある明るい内は本を読みふけり、夜になって石油ランプの灯りで玉を作るのが日課になっていた。

一度カヌーで帰れなくなったのに懲りた菅原は、浜の樹を一本だけ残して切り払い、その樹の上に適当な旗が無いためにフンドシを翻した。この濃い緑にコントラストする白い目印は意外と遠くから見える事が分かって菅原は満足だった。だが、その前から目印に関係なくインデイオが真っ直にやって来るのが、最後まで菅原に残った謎だった。

ある朝、菅原が目を覚ますとあたりがすっかり水に覆われ、柱に繋いだ馬の膝まで水に浸かっていた。仰天した菅原が走り出ると大小様々な蛇がひしめいていた。別に危害がないと分かっていても気持ちが悪い。

やっとの事で馬をゴムの木に繋いだが今度は商売道具のバケツや缶が流れそうだ。流しては大変とばかり走りまわる菅原が時折蛇を踏みつける。中には足に巻き付くのもいて菅原は悲鳴をあげながら夢中で走り回っていた。

昼になって明るくなった空から強い陽が落ちて来る。一気に気温が上がると立ちこめる水蒸気にゴムの森が霞み、野鳥の囀りもどこか遠くこもって聞こえる。

「ゴンザア……。ゴンザア……！」湯気の向こうの声が次第に近くなり、やがて姿を見せたのはスタイナーと乗馬姿のナタリーだった。

「いやあ、凄い雨だったが被害はなかったか？」流石に監督のスタイナーは仕事を忘れず馬の背からゴムの林に目を配っている。

「被害はありませんけど、蛇には参りましたよ」菅原は頭を掻いて苦笑した。

「あらあら、あんた蛇が恐いの？　あたしは平気よ。自分の家は見つけられないし、今度は蛇が恐いだなんて、しょうがない方ね」言うなり、ひらりと馬から飛び降りたナタリーは一匹の蛇を掴むと菅原に突きつけた。

「ヒャーやめろ！　止めてくれよ……」菅原は悲鳴をあげる、それを面白がるナタリーは菅原を追い回すのだった。

「ナタリーさん、頼むから止めてくれ。僕は足が沢山あったり、まるで無いヤツはどうも苦手なんだ」スタイナーはナタリーと菅原のやりとりを笑って眺めている。

「それでは、今後あたしの言う事、なんでも聞いてくれる？」

「それは……頼み事次第ですよ」逃げ回る菅原は息を弾ませている。

「それじゃ駄目！　何でも聞くって約束しなさい。そうでなければ……ほらっ！」

「わー！　わ、わかったよ、何でも聞きますけど、これは脅迫じゃないですか。スタイナーさん、何とかしてくださいよ……」菅原はベソを掻きそうだ。

「それでは今夜のお母様の誕生日のパーティーに来なさい。分かった？」

「はい。必ず伺います」ナタリーはぽんと蛇を投げ出して馬に飛び乗り「来ないと一〇〇匹くっつけるわよ」と笑い、菅原は額の冷や汗を拭った。


クリスマスが終わり一九一四年になった。この頃になると菅原はスタイナー家の家族同様に親しくなっていた。相変わらずナタリーのお茶目振りや、我が侭すら菅原にとって楽しいものになろうとしていた。十六才の彼女はマナウスのイギリスの学校に通う上級中学生（高校）だが、イギリス人の先生や圧倒的に多い英国人の生徒達とソリが合わないとしきりにこぼしていた。

ナタリーは毎朝、お抱《かか》えのインデイオのカヌーでマナウスの学校に送られ、三時にまた迎えのカヌーで帰る。それを知った菅原は時折ジャングルの岸に隠れて待ち伏せした。

「止まれ！　海賊だ、有り金を出せ！」インデイオが笑い、速度を上げる。こんな時のナタリーは、ばちゃばちゃ水を跳ねかけたり、オールを振り回し「来てご覧、蛇を放り投げるぞ！」と怒鳴り、時には菅原のカヌーに乗り移り、スタイナー一家の目の届く入江の中でカヌーを滑らしながら話に興じる。

バルコニーのハンナ夫人が顔を向け「あの娘《こ》、またゴンザレスさんと一緒よ」と眉をひそめながら声をかけた。しかし、夫は「ウン」と週遅れの新聞から顔も上げない。

「あまり親しくしないように、貴方言ってやってくださいよ」

「どっちにだ?」スタイナーが次のページに目を移した。

「もちろんナタリーですよ」

「お前が言えば良いじゃないか……」

「あなたあ……結婚前の娘ですよ」

「心配するな。自分からは言わないが、ゴンザは日本人だ」

「えっ、どうして分かりましたの?」

「彼は最近パウロで発行されている日本字新聞を講読している。彼の小屋の中にあったんだ。ハンナ、心配するなよ、ヤパン人は倫理を守る国民だよ」

「でも……」とハンナの目の先でナタリーがカヌーをしきりに揺すっている。

スタイナーが何か叫んで立ち上がった時カヌーが引っくり返った。

インデイオ達が笑っている。

「こまった娘だ……」スタイナーが溜め息をつき見守る中でナタリーはセーラー服のまま見事な泳ぎ振りで水を切っている。一方の菅原は浮き沈みしながらもがいている。

「おい、溺れているんだ! 助けろ! 早く!」スタイナーはインデイオに怒鳴ると新聞を放り出して駆け出した。

「おい、ゴンザ君、大丈夫かね？」岸辺に引き上げられた菅原に人目が集まっている。

「面目ありません。僕は泳げないんです」菅原は起き上がると頭を掻いた。

「世界一の大海軍を持つ日本人の君が泳げないとは、意外だったな」

「本当よ！　蛇は恐い、泳ぎは出来ない……なんて最低だわね。お父様、ゴンザにプロイセン教育をして上げて」ナタリーは月の眉をひそめて横を向き、菅原は言葉もなくうなだれてしまった。

スタイナー一家が失望したのも無理はなかった。ところが当時の日本は〝海国〟と言いながら海育ちの人を除いた菅原のような山育ちの者で泳げる者は少なかったのだ。

日本人が水に親しむのは衛生を目的とした水浴びだが、実際に海水浴という文化が生まれたのは明治十八年（一八八五年）だったのだ。

海水浴は健康に良い……と唱えた松本良順が神奈川県大磯に海水浴場を開いた。その後次第に水泳が普及したのだから菅原が泳げなかったのは不思議ではなかった。いたくプライドを傷つけられた生真面目な菅原はインデイオから手ほどきを受けると日を経ずして上達、鰐のように泳ぎ出したのでナタリーも馬鹿にしなくなった。

ある日曜日の昼下がり、ベランダのスタイナーが拳銃の掃除をしている。

複雑な、今で言う自動拳銃でルーガーの一九〇一年式だった。弾倉を握りに押し込み発射すると、たったの四秒で一〇発の弾丸を撃ち出す最新式の銃だ。

スタイナーが浜に置いた缶を撃つ。鳥が飛び立ち、缶が飛んだ。

「素晴らしい銃ですね」菅原が目を見張った。

「プロイセン精神と技術の結集だよ」スタイナーは目を細めている。

「ウンダヴァー！」拍手をしたナタリーが菅原の顔に目を移すと「ゴンザも撃てる？」と馬鹿にした目つきで言う。

「自分の銃なら慣れているから……」菅原はベルトからSWを抜き出した。

「ほほう、スミス・アンド・ウエッソンだね。どうだね腕比べをしないか？」

傍らのナタリーが手を叩き「お父様、負けちゃ駄目よ。お母さまあ、お父様とゴンザが決闘するんですって……」

インデイオが一〇メートル程の距離に缶を置きスタイナーが立ち上がって片腕を伸ばした。当時の拳銃の撃ち方は片手が常識だった。

ドン！　缶が跳ね銃声がアマゾンを滑って遠くなる。ドン！　菅原も外さない。

息詰まる時間が流れてスタイナーのルーガーが鳴ると金色の空薬莢を上に吐き出した。

だがかすかに的を逸《そ》れた弾丸は、進入角度に関係なく水しぶきを真上に跳ね上げ、水面に映る紺碧のブラジルの空が揺れる。

「これはいかん。ゴンザ君に負けるのかな……」スタイナーは呟いて弾倉を交換した。

ドン！　菅原の三八口径の弾丸は的確に缶を空中に舞い上げた。放物線を描いて落ちた缶はゆらゆらと身を揉んでから沈んでいった。

歓声と拍手に調子に乗った菅原がインデイオに石を放り上げるように言った。

一同が固唾を飲んで静まり返った。

菅原は銃をベルトに挟《はさ》むと抜き撃ちの姿勢をとって構えた。

インデイオの腕が動いて小石が空に上がり、一瞬停止した時に菅原の銃が鳴り、小石はビーンと音を残して視界から消えた。

スタイナーは茫然《ぼうぜん》とし、ハンナは言葉を忘れている。ナタリーはアカンベ……と赤い舌を出した。

「……スタイナーさん」菅原は謙虚に声をかけた。

「イエス、ゴンザ君？」

「調子に乗り過ぎました。気を悪くなされたのでは……？」

「とんでもない。調子に乗れる……というのは君、若さの特権みたいものだよ。それよりも、君のような男が私の部下に居て心強いよ」

「有り難うございます」

「……君は、人を撃った事があるな。そうだろう？」ハンナが席を外した。

彼女の背中を見送りながら菅原は目を伏せて頷いた。

「なるほど、それで身許を隠している訳か。いや、余計な詮索《せんさく》で失礼したが、私は君を信じよう」

乾季を迎えたアマゾンの空は今夜の星を約束していた。

この年一九一四年（大正五年）、日本では中山晋平の〝カチューシャ〟が空前のヒットとなり、宝塚少女歌劇団が第一回公演を行い、大正デモクラシーの中で昨年発刊された雑誌〝マルクス主義〟が評判を呼んでいた。経済界では公定歩合が二銭に引き上げられたのを受けて株価が暴落したものの、太平洋に浮かぶ島国日本は平和に見えていた。だが、その日本を遠く離れた欧州では次第に暗雲が広がり、隣国支那では民衆と貴族の階級闘争が激しさを増し、その発信センターが日本であった事はあまり語られていないのは何故だろう？

一九〇五年五月、横浜に着いた孫文は直ちに清朝打倒勢力を結成して東京で中国同盟会を組織した。メンバーには清朝政府からの留学生（皮肉にも）の殆どと、支那大陸各地に点在する革命勢力が加わった。革命と言っても、それは社会主義を意味するものではなく清朝政府の搾取への反抗と民族意識によるものだったのである。

一九〇八年十一月に西太后が死んで清朝政府は後の満州皇帝溥儀《ふぎ》を後継に据えたが、幼い皇帝の後見人である醇親王に実権を託した。

醇親王は徹底した満州族である清朝貴族政治を敷き、漢人の袁世凱《えんせいがい》を追放、四川、湖北、広東の鉄道施設権を国有化し、それを抵当としてアメリカ、ドイツ、フランスから六百万ポンドの借款を得ようとした。

念願の太平洋に植民地フイリッピンを獲得したアメリカ、すでに遼東半島に租界を開き、南太平洋の島々を植民地化したドイツ、南インドシナに広大な利権を持つフランスの列強が、待っていたとばかりにこれを引き受け、そしてその借款を盾に鉄道、鉱山の利権を要求し、場合によっては大砲外交によって支那大陸支配に乗り出すのは誰の目にも明らかだった。

この清朝政府の売国的な行為に対して中国の民衆、資本家の全てが一斉に立ち上がり、各地に反清朝の革命運動を展開、ついに一九一二年一月、孫文は東京で中華民国独立宣言を行ない自ら臨時大統領に就任した。

同じ時期、袁世凱は清朝皇帝に年間四百万両のあてがい扶持《ぶち》と引換えに皇帝の退位を迫り、一九一二年三月、彼は中華民国共和国の初代大統領に就任したのだった。

国民の中から生まれた袁世凱もまた権力を持つと豹変し、支那大陸の長い混迷と搾取の歴史は依然として終わらない。

〈リパブリック・チャイナか……〉菅原は暗い石油ランプの灯りの中で大きな溜め息をついた。

それは余りにも貧しい自分の世界観を嘆くものであり、彼が、体制改革しか考えていなかったその日本が、いつの間にかすでに経済、文化の世界の一部として動き始めた事に気がついた自分自身の狭小さを知っての自己嫌悪だった。

その上、もっと皮肉だったのは、日本では聞こえず、見えなかった事柄が、なんと地球の裏側にあるブラジルのジャングルの奥で見えて来た事だった。

〔世界は変わる。そして自分の意思とは別に、全ての環境も人生も変わっていくのだ。俺は、こうしていて良いのだろうか？〕見上げる絢爛たる星空の向こうに渦巻く、不吉な運命の影を菅原はじっと見つめていた。

土曜日の午後、ゴム玉を金貨に替えた菅原は、よくスタイナー夫妻やナタリーとマナウスの町に出かけた。帽子を被り、裾の長いきゅっと胴をしめたドレスにパラソルを手にしたナタリーは人の目を惹く。

そんな娘が自慢のスタイナー夫妻は、少し離れて歩きながら目を細めていた。

三つ揃いのスーツにパナマ帽を被り、ナタリーのエスコートをする菅原もまた時間の止まる事を願い、次第に将来の人生にナタリーを置いて考えるようになっていた。

マナウス国際ホテルのロビーは、当時の町や近郊に住む外人達には欠かせない社交場で、土曜日には着飾った紳士淑女で溢れる。マジョリティーがイギリス人である故か、話す言葉も英語が圧倒的に多く、その中にドイツ語、フランス語、イタリア語が混じるヨーロッパの植民地ムードが一杯だ。

よく観察すると言語習慣とは別に人種によるグループが生まれ、スタイナーの回りに集まるドイツ人グループはどこか孤立しているように見える。美しいナタリーだけは人種に関係なく青年達に囲まれてお喋りに余念がない。

資本主義を敵視している菅原もビクトリア金貨の恩恵に預かり、この日は奮発して手巻きの最新式の蓄音器（ゼンマイ仕掛けでレコードを回す）とワグナーのレコードを幾つか買うと、自分の小屋まで待ちきれずに菅原はカヌーの上でレコードを回した。

タンタタタン……とワルキューレの勇壮な調べがアマゾンの川面を滑ると、すっかり興奮したスタイナーがタクトを振り回し一同の笑いを誘う。

「ゴンザレスさん、あたくしはワグナーと同じライプチッヒの生まれなんですよ」。ハンナが帽子の下の美しい顔を綻《ほころ》ばせて胸を張った。

「え、それでは、ワグナーとお知り合いですか？」

「いやですよ、あたくし、そんなオバア様にみえます？　あたくしの母に彼のお話は聞きましたが、あの方は警察の受付係をしていた方の息子さんなんですけど、お父様を直ぐに亡くして……、お母様が再婚なさったんですって……」ゴシップに近い噂話だが、彼女の語るワグナーのイメージは菅原の知らないもので興味しんしんだ。そのワグナーは義父を嫌い、そしてユダヤ人に憎悪を持つようになり、その反動がワグナーの作品を極めて民族的にしたと言う。「勿論、真偽の程は分かりませんけど、利己的で傲慢な最低の男だったらしいですわ」ハンナ夫人はアマゾンのワグナーに耳を傾けながら上品に扇を口に当てて笑うとスタイナーがタクトの手を休めた。白鷺が岸に並んでいる。

「そうか、それは知らなかった。だが、そう言われてみれば、ゲルマンの英雄、ジーク・フリートなどはワグナーの憧れの投影とも言えるね」スタイナーは遠くゲルマンの空を眺めるように視線を伸ばしていた。

「ゴンザは日本人なのに、どうしてワグナーを知っているの？」ナタリーの質問は当時の欧米を単純に代表するものだった。日本人は靴も履かず、裸で生活していると思っている人が少なくない時代だったのだ。

一八八二年、エヂソンがニュー・ヨークで電力供給会社を作った四年後の日本では、東京電灯という会社が出来て一八八六年には主要都市それぞれに電気がついた。これは本場のアメリカや先進欧州諸国の電気普及を遥かに上回るスピードで、一九〇〇年には火力発電に水力発電も加わった。

一八九七年（明治三十年）に最初の映画が上映され、たった数年後の一九〇三年の東京にあった映画館の数は二十四軒と、人口比率から見るとこれまた欧米諸国を遥かに上回り、一六五一年から発行されていた新聞〈瓦版〉は横浜毎日新聞と名前を替えて日刊となり、電信、鉄道、郵便のサービスは、すでに一八七一年に常識化していたのだ。

アジアを、特に日本を後進国と思っていた欧米諸国は、文明の面では日本の方に数年の遅れがあり、彼らのその奢《おご》りが日露戦争における日本の勝利に繋がったとも言える。

この年、一九一四年、銀座に白煉瓦五階建の三越百貨店が開業し、店内には国産のエスカレーターが稼動、「今日は帝劇、明日は三越」とコマーシャルにまでなった事は日本の誇るべき歴史の一頁だったのだ。


バルコニーの手摺りに寄りかかったスタイナーがパイプを吸う度に顔が赤く暗がりに浮かんでいる。その後ろの明るい居間の中ではハンナが何やら忙しそうに動いていた。

「もっと沖に出してよ」舳先《へさき》に座ったナタリーが月明かりの中で顎をしゃくっている。

「駄目だよスタイナーさんが怒るよ」

「意気地のない人ね。スタイナーさんが怒る、スタイナーさんが見てる……あたしだって〝スタイナーさん〟だってこと忘れたの？」

「でも君は僕のボスじゃないよ」

「何かするのに何でもスタイナーさんの許可が要るの？」

「おおむね、そうだね」

「……ね、あたしにキスしたい？」カヌーは大分バルコニーから離れている。

「イエス……」

「でもスタイナーさんの許可が要るって言うんでしょ？」

「イエス！　その通りだ」

突然ナタリーは両手を丸めると「お父さまぁ！　ゴンザがあたしにキスしたいから、許可が欲しいんですって……」と声を張り上げ、菅原を大慌てに慌てさせた。

「……？　よく聞こえん。何かね？」スタイナーが耳に手を当てている。

「なんでもありません！　ナタリーの冗談です」菅原は取り消すのに必死だ。

「なんだか分からんが、戻りなさい……」

「フン、あたし、意気地のない男、大嫌いよ！」ナタリーが膨れ、スタイナーの姿が近くなった。

岸に上がるなりナタリーは憤然として挨拶も残さず自分の部屋に入り、大きな音を立ててドアを閉めた。

「何か、また我が侭で君を困らせたのかな？」スタイナーはパイプの灰を靴の踵で叩いて落としている。

「いや、別に……」菅原は言い淀んだ。

「あの年頃は一番厄介な時だ。ハンナは早く嫁にやりたがるが、ここで相手を見つけるのは難しい。何人かイギリス人の青年が言い寄っているようだが、儂としてみればやはりドイツ人が好ましいんだ。ま、儂はドイツに返して学校を続けさせたいのだが、今度はあの娘が嫌だと頭を振りよる。困ったものだよ」

漕ぎ進むカヌーに水面の月が千々《ちぢ》に乱れ、蛙の声が沸き立っている。どこからともなく現れた蛍の群れが水先案内をするかのように舳先《へさき》に舞っていた。

ふと菅原の心に侘しさが湧いて空を見上げた。ナタリーの未来の夫を案じるスタイナーの口から一度も菅原の名前は出なかった。そしていつの間にか自分の心に住み着いているナタリーを意識した。

〔俺はナタリーを愛しているのだろうか？　たとえ、そうであっても結ばれるチャンスはない。ドイツ人でもない自分、忌まわしい過去に追われる自分、一介のゴム採取人に過ぎない自分にスタイナーが首をタテに振るとは思えない。諦めよう……〕

菅原の気配を感じたのかドン太二世のラバが小屋の陰からイーホ、イーホと鳴きながら大地を蹴り、蛍が先を争うようにジャングルの奥に消えていった。

雨の日があり、星が降り、月が満ちて、また欠けていく、だが、菅原は自分を押さえてスタイナー一家との間に距離を置いていた。そんなある夜、菅原は蛙の鳴き声に送られるようにして暗いアマゾンにカヌーを漕ぎ出した。どこに行くという当てもないのに、オールは自然に舳先《へさき》をスタイナーのバンガローに向けて動いている。

白く渚を洗う水の中に見慣れないカヌーが止まり、水面に落ちたバルコニーに点るランプの灯影が揺れている。菅原はじっとバルコニーの人影を見つめた。

相変わらずパイプを手放さないスタイナーと寄り添うハンナの姿がある。だがナタリーの姿は見えない。

聞こえるのは蛙の鳴き声ばかり、オールを置いた菅原のカヌーがゆっくり流れに乗って大きく回った、その時、夜空にそよぐ椰子の木陰に人影を見て菅原は目を凝《こ》らした。一人と思った人影はやがて二つになり、すこし歩いて再び一つになった。衝撃を受けた菅原の目が眩《くら》んだ。

〔畜生!〕と声を漏らした菅原はオールを乱暴に取り上げると暗いアマゾンをマナウスの町に向かって漕ぎ出した。

「あらっ、カヌーが、あんな所に……」と指さすナタリーの声に振り向いた青年の目に、月に向かって進むカヌーが映った。

上巻　完

星《ほし》の故郷《ふるさと》

テッド・あらい

明窓出版

平成十五年六月六日初版発行
発行者――増本　利博
発行所――明窓出版株式会社
〒一六四―〇〇一二
東京都中野区本町六―二七―一三
電話　(〇三) 三三八〇―八三〇三
FAX　(〇三) 三三八〇―六四二四
振替　〇〇一六〇―一―一九二七六六
印刷所――株式会社　シナノ
落丁・乱丁はお取り替えいたします。
定価はカバーに表示してあります。

ISBN4-89634-121-X

ホームページ http://meisou.com　Eメール meisou@meisou.com

『単細胞的思考』

上野霄《シヨウ》里《リ》著　本体三六〇〇円

『単細胞的思考』の初版が世に出たのが昭和四四（一九六九）年、今年でちょうど三〇年目になる。以来数回の増刷がなされたが、今では日本中どこの古本屋を探してもおそらく見つかるまい。理由は簡単、これを手にした人が、生きている限り、それを手放さないからである。大切に、本書をまるで聖書のように読み返している人もいる。

この書物を読んで、人間そのものの存在価値に目醒めた人、永遠の意味に気づいた人、神の声を嗅ぎ分けることのできた人たちが、実際に多く存在していることを私が知ったのは、今から一〇年ほど前のことである。

衆多ある組織宗教が、真実に人間を救い得ないことを実感し、それらの宗教から離脱し、唯一個の人間として、宗教性のみを探求しなければならないという決意を、私が孤独と苦悩と悶絶の中で決心したのもその頃であった。これは、私の中で、すでにある程度予定されていたことなのかもしれない。——後略

中川和也論

意識学

久保寺右京著　本体　1.800円　上製本　四六判

あなた自身の『意識』の旅は、この意識学から始まる。

この本は、心だけでなく意識で感じながら読んでほしい

あなたが、どんなに人に親切にしても、経済的に豊かになっても、またその逆であっても、生き方の智恵とその記憶法を学ばなくては、何度生まれ変わっても同じ事である。これまで生きてきたすべては忘れ去られたまま、ふたたびみたび生まれ変わってくることになる。

前世を忘れている自分、自分の前世が分からないのは、前世での生き方が間違っていたのではないかという事にもうこのへんで気付かねばならないだろう。

これからは、確固たる記憶を持ったまま生まれ変わるようになって頂きたい。それをこの本で知ってほしい。

著者

欠けない月

風見 遼

彼女は、正しく道を踏みはずしたのかもしれない……。

信仰とは何か。本書は、真正面からそれを問い、それに対するひとつの答えを提示した意欲的な小説です。

日本という風土には宗教が根付かない、と巷間言われ続けてきました。果たしてそれは正しい言説なのか。それが正しいとして、では95年に新興宗教が引き起こした事件を始め、現在も世上を騒がす信仰の問題をどう捉えるべきなのか。

新興宗教と呼ばれるもののなかには、非難・糾弾されるべき教団も数多く存在します。にもかかわらず、いまも新興宗教に入信しようとする人たちが、若者を中心として、あとを絶ちません。そうした信仰へと走る人たちの流れを止める、説得力のある言説が、これまで存在したようには思われません。彼らの入信に対して、「選ぶ道をあやまったのだ」「愚かであるにすぎない」などという頭ごなしの非難だけが、上滑り的に先行しているのが、実状のように見えます。これほどまでに新興宗教が批判され嫌悪されるなか、なぜ彼らはあえて信仰の道を選び、そこにとどまろうとするのか。それに真正面から答えた創作が、95年以降存在したでしょうか。

本体価格　一三〇〇円